보이지 않는 사람들

길에서 만난 세상
두 번째 이야기

보이지 않는 사람들

길에서 만난 세상
두 번째 이야기

2009년 12월 23일 처음 펴냄
2017년 9월 5일 7쇄 펴냄

지은이 박영희
사진 김흥구, 박정훈, 이성은, 허태주
펴낸이 신명철
펴낸곳 (주)우리교육
등록 제 313-2001-52호
주소 03993 서울특별시 마포구 월드컵북로 6길 46
전화 02-3142-6770
팩스 02-3142-6772
홈페이지 www.uriedu.co.kr

ⓒ 박영희, 2009
ISBN 978-89-8040-930-3 03810

이 도서의 국립중앙도서관 출판시도서목록(CIP)은 e-CIP 홈페이지(http://www.nl.go.kr/ecip)에서
이용하실 수 있습니다.(CIP 제어번호:CIP2009003888)

보이지
않는
사람들

길에서 만난 세상
두 번째 이야기

박영희 지음

우리교육

집을 나섰습니다. 짧게는 1박 2일, 길면 3박 4일에 걸쳐 사람들을 만났습니다. 다들 반갑게 맞아 주었으나 기쁜 만남은 아니었습니다. 슬프고 아픈 만남이었습니다. 그중에서도 가장 아팠던 자리는 부당 해고를 당한 아주머니 세 분과의 만남이었습니다. 대한민국 어머니들의 눈물은 자신의 안위보다는 자녀의 학업을 계속 뒷바라지할 수 있느냐 못하느냐를 걱정하는, 온전히 자식들만을 생각하는 그런 눈물이었습니다.

국가인권위원회에서 펴내는 격월간 《인권》에 '길에서 만난 세상' 원고를 써 온 지도 벌써 6년째입니다. 그동안 만난 분들의 업종만 해도 50여 가지. 두 해 전부터는 아파트 경비원, 환경미화원, 노점상, 신용불량자, 장애인, 전문계고 학생 들을 만났습니다. 그들을 만나 인권에 대한 우리 사회의 현주소를 다시 한 번 짚으면서, 6년 동안 무엇이 달라졌을까를 가늠해 보았습니다. 그런데 사실 별로 나아진 것은 없었습니다. 나아지기는커녕 인권과 복지의 시계는 자꾸만 자꾸만 거꾸로 돌아가고 있음을 아프게 확인할 뿐이었습니다.

　대통령, 장관, 국회의원, 그리고 경제학자들이 말합니다. 현재 한국은 경제 대국으로 진입하고 있다고. 그런데 왜 두 명만 웃고 있고 여덟 명의 얼굴은 잔뜩 지쳐 보이는 것일까요? 지난 6년 사이에 비정규직의 숫자는 양계장 닭처럼 늘어났습니다. 가진 자와 못 가진 자 2 : 8, 정규직과 비정규직 4 : 6. 앞뒤가 맞지 않는 퍼즐 속에서 살아가는 듯한 느낌입니다. 누군가는 우리 사회에 대한 진단을 아주 잘못 내리고 있다는 뜻이겠지요. 그러고 보니 한쪽은 시속 400킬로미터로 주행하는 고속열차에 승차해 있고, 다른 한쪽은 시속 100킬로미터를 지켜야 하는 고속버스를 타고 있습니다. 처음부터 어긋날 수밖에 없는 일이었던가요.

　시비를 걸려는 것이 아닙니다. 팔 걷어붙이고 싸워 보겠다는 것도 아닙니다. 집을 나설 때마다 가슴에 품었던 제9계명 '네 이웃에 대하여 거짓 증거하지 말라.'처럼, 나는 지금 그 계명에 따라 그동안 만난 사람들의 이야기를 이 나라에, 이 사회에 사실 그대로 보고하려는 것입니다. 엄연한 우리 사회의 구성원으로서 열심히 살아가고 있음에도 정당한 자신의 권리를 찾지 못하는 사람들, 국가도 사회도 관심을 가지지 않는 사람들, 분명 우리 곁에 존재하고 있지만 마치 투명 인간과도 같이 '보이지 않는 사람들'의 이야기를 세상에 드러내 보이고 싶을 뿐입니다.

　르포를 써 오면서 즐겁고 보람된 시간들도 있었습니다. '저자와의 만남' 시간을 통해 학생들과 얼굴을 마주하는 일이 특히 그랬습니다. 고백하자면 저는 그 학생들이 너무나 예쁘고 고마웠습니다. 이웃의 아픔을, 이웃의 고통을 외면하지 않는 청소년과 청년들을 만나면서 마치 새 애인을 만나 연애하는 것처럼 가슴이 쿵쿵 설레곤 했습니다. 제가 본 희망은 바로 거기에 있었습니다.

《아파서 우는 게 아닙니다》에 이어 세 번째 개인 르포집을 세상에 내놓습니다. 여전히 고마운 분들이 너무 많아 마음의 빚은 자꾸만 쌓여 갑니다. 그분들께 이 책을 전하는 것으로 그 빚 갚음을 조금이나마 대신해 볼까 합니다.

2009년 겨울 박영희

● 차례

여는 글 · · ·4

떠나지 못하는 사람들 · · ·12

길에서 다 늙었지 뭐 · · ·30

무서운 쓰레기, 두려운 새벽 거리 · · ·48

수업 4시간 알바 6시간 · · ·70

비료와 농약 값은 배로 올랐는데 · · ·90

모질고도 야박한 0.5평 · · ·112

빛 없는 세상에 살고 싶다 · · ·132

졸업하면 군대나 가려고요 · · ·152

보이지 않는 사람들 · · ·172

시키는 건 다 했는데 · · ·190

날지 못하는 새 날고 싶지 않은 새 · · ·210

이게 어디 직장이야 · · ·226

재영 씨의 빵과 자유 · · ·244

떠나지 못하는 사람들

버스 종점에서 내려 흑석동 제7구역 재개발 지역으로 들어섰다. 폐허 직전인 마을에는 '선거 때만 주민이냐.' 라고 쓰인 색 바랜 현수막이 내걸려 있었다. 칠순가량 됐을까, 한 노인과 마주친 건 그 길목 언저리에서였다. 반기지도 내치지도 않는 그를 따라 집 안으로 들어서자 시멘트 마당 귀퉁이 화분에 봉선화, 채송화, 꽃기린 등이 피어 있었다. 두 해 전 세상을 뜬 답십리 이모님 댁을 다시 찾은 듯했다.

"자네도 우리 집사람만큼이나 화초를 좋아하나 보군. 적적할

때는 저놈들이 말벗이 돼 주기도 하지."

거실로 통하는 창틀에 걸터앉아 지켜보는 김 노인을 향해 목례를 하자 그는 지금의 이 집을 장만하게 된 사연을 들려주었다.

"자네가 보기에는 누추해 보일지 모르지만 나한테 이 집은 피땀이 서린 곳이라네. 사막이나 다름없는 중동 건설 현장에 나가 꼬박 다섯 해를 일해 장만했거든. 이런 집을 두고 어디로 간단 말인가."

마음이 착잡했던지 김 노인이 호주머니에서 담배를 꺼내 물었다. 30년 넘게 살아온 마을 한쪽에서는 철거가 한창이니 어느 속인들 타지 않을까. 재개발 이야기가 떠돌 때부터 줄곧 반대 입장을 펴 왔다는 그가 집을 돈벌이로만 생각하는 요즘의 세태를 꼬집더니 1년 전 이야기를 꺼내 놓았다.

이게 어디 개발인가, 전쟁이지

"지난해 가을이었지, 아마. 추진위(재개발추진위원회)라는 데서 나와서는 개발 동의서에 도장만 찍어 주면 새 아파트를 한 채 주겠다고 했지만 나는 그 말 믿지 않았어. 오래전 일본 놈들이 그랬거든. 저희 놈들 이익이 되는 것이면 수단과 방법을 가리지 않았

14

지. 그리고 이번 일을 겪으면서 깨달은 거네만 재개발이라는 것이 예전 인천 상륙 작전을 쏙 빼닮았더구먼. 삐이십구(B29)의 융단 폭격이랑 무엇이 다른가. 산 놈은 살고 죽을 놈은 죽을 수밖에 없는. 그러니 이게 어디 개발인가, 전쟁이지."

마침 그때 할머니가 미숫가루를 내 왔다. 부엌에서 두 사람이 나누는 이야기를 들었던지 이마에 돋은 땀을 수건으로 훔친 할머니가 한마디 거들었다.

"나도 우리 영감님하고 같은 생각이야. 이 양반 중동에 나가 고생한 돈으로 내가 이 집을 구했거든. 생이별 다섯 해 만에 장만했으니 이게 어디 보통 집이야? 아들 둘 딸 하나도 이 집에서 출가시켰지."

미숫가루를 한 모금 넘기면서 두 해 전 읽은 책 《집의 사회사》의 한 구절을 떠올렸다.

"집은 우리의 생명과 생활을 지킬 수 있는 장치이고, 가족생활의 근거지로서 생활 영역의 중심 무대이며, 자신과 가족을 상징적으로 표현하는 수단이기도 하다."

이렇듯 모름지기 집이란 '가족'의 또 다른 이름이어야 하거늘, 언젠가부터 우리에게 '집'의 의미는 이와는 너무나도 다른, 되팔

아 이윤을 남기는 수단으로만 전락해 버렸던 것이다.

김 노인이 가라앉은 목소리로 다시 말을 이었다.

"떠날 사람들 다 떠나고 이제 몇 집 안 남았지만, 내 칠십 평생
에 꿈이 하나 있다면 이 집에서 살다 이 집에서 눈감는 거야. 나
한테 그럴 만한 권리는 있는 것 아닌가?"

주거 이전 침해에 대해 몇 마디 보탤까 하다 그만두었다. 사람
과 사람, 이 집과 저 집을 헤집고 다니는 이권과 이윤 탓인지도
몰랐다. 그로 인해 30년 넘도록 이웃하며 살아온 사람들이 뿔뿔
이 흩어지는 기로에 서야 했던 것이다.

그러면서 김 노인은 이웃에 살던 사람들의 이야기를 푸념처럼

늘어놓기 시작했다. 자신이야 어찌 되었건 가옥주의 입장이지만,
세입자로서 오랜 세월 이곳에 살아온 이웃들의 처지를 곁에서 그
대로 지켜보았기 때문이다.

"이 동네 세가 워낙 쌌거든. 잘 오르지도 않았고. 그러다 보니
웬만해서는 이사들을 안 가고 오래도록 이웃으로 지내 왔지. 그
랬던 사람들이 세 들어 산다는 이유로 개발에 반대도 못하고, 결
국 쥐꼬리만 한 돈 받아서 쫓기듯 이사 가는 걸 여기서 다 지켜봤
어. 물론 그나마도 살 집을 못 구해 아직 떠나지 못한 사람들도
있고."

왠지 빚을 잔뜩 진 마음으로 김 노인 댁에서 나오니 뉘엿뉘엿

해가 저물고 있었다. 저녁때가 다 되어 가는데도 마을은 고즈넉
했다. 사람이 사는 집보다 빈집이 더 많은지라 괴괴함마저 감돌
았다.

최영국 씨와 마주 앉은 건 초저녁 어둠이 깔린 한 식당에서였
다. 조금 전 만난 김 노인의 이야기를 꺼내자 그의 입에서 이런
답이 나왔다.

"뉴타운 사업이라는 것이 가옥주건 세입자건 원주민에게는 불
리할 수밖에 없는 구조예요. 다른 곳에 집을 가지고 있으면서 이
동네에 투자 개념으로 집을 사 둔 사람이라면 모를까, 원래 이 동
네 사람에게는 전혀 반갑지 않은 일이라는 걸 우리가 잘 몰랐던
거죠."

식사 도중 소주로 목을 축인 그가 다시 입을 열었다.

"처음엔 동네가 좋아진다는 기대에 별생각 없이 찬성을 했지
요. 주거 환경을 개선해서 좋은 아파트에 살게 해 준다는데 굳이
반대할 이유가 없었으니까요. 그런데 이 재개발이라는 게 언제부
턴가 주인은 쏙 빠진 채 객들의 잔치가 되어 버렸습니다."

지난해 가을이었다. 조합 사무실을 찾아간 그는 당시 개발 진
행 상황에 대해 물었다. 그러나 조합 측은 현재로서는 아는 게 없

다며 되레 귀찮은 표정을 지었다. 조합의 불성실함에 화가 난 최씨는 개발 동의서에 도장을 받아 갈 때는 언제고 이제 와 딴소리를 하느냐며 재차 따져 물었다. '도시 및 주거 환경 정비법' 제81조 1항에도 "추진위 또는 조합 측은 정비 사업 시행에 관하여 조합원 또는 토지 등 그 소유자가 알 수 있도록 인터넷과 그 밖의 방법을 병행하여 공개하여야 하며, 열람과 등사 요청이 있을 시에는 즉시 이에 응해야 한다."고 돼 있었던 것이다.

집 있던 사람도 세입자로 전락

"제가 살 집이 걸린 일인데 궁금한 게 어디 한두 가지였겠습니까. 기본적으로 재개발을 하는 데 얼마의 비용이 들어가고 또 얼마가 남는지 그 정도는 알아야 한다고 생각했거든요. 그런데 시공사와 조합 측에서는 자재값 인상 등을 내세우며 공사를 해 봐야 알 수 있다는 말만 되풀이하더군요. 무엇보다 큰 문제는 재개발 이후 주어진다는 아파트가 전체 주민 중에서 20퍼센트만 입주가 가능하고, 그마저도 추가 부담금을 내야 들어갈 수 있다는 거예요. 저 같은 경우 지금 살고 있는 집과 같은 평수의 아파트에 입주하려면 최하 2억이 더 있어야 한다네요. 이러니 가옥주로 살다 세입자로 전락할 수밖에 없는 거지요."

지난겨울 주민들과 함께 서울역 광장에 나가 시위를 벌인 건 바로 그 때문이었다. 개발 동의서와 각종 개발법 조항을 들이밀며 주민들을 다그치는 재개발 조합의 행티에 그는 그만 할 말을 잃고 말았다.

"신문을 봐서 아시겠지만 우리나라 재개발 지역의 60퍼센트 이상 가옥주 연령이 50대 이상이에요. 그리고 이건 동네 어른들의 입을 통해 직접 들은 이야깁니다만, 그분들의 이구동성은 개발 동의서에 도장을 찍기 전에 입주할 아파트의 추가 부담금과 20퍼센트만 입주가 가능하다는 사실을 미리 알려 주었다면 절대 찬성하지 않았을 거라는 겁니다. 사실 나이 칠순 가까운 분들이 이권과 이윤에 대해 알면 얼마나 알겠습니까. 당신들 세상 뜨기 전에 자식들한테 변변한 집 한 채라도 물려주었으면 하는 마음에 별생각 없이 찬성 도장을 찍은 분들이란 말이죠."

최영국 씨로서는 가만히 앉아 있을 수가 없었다. 이곳을 일단 떠나면 다시는 돌아올 수 없다는 것을 알게 된 어버이 같은 분들을 지켜보고 있으려니 세상이 무섭다는 생각까지 들었다. 그러면서 그는 흑석동과 상도동 일대에서 자취를 하던 대학생들을 염려

하기도 했다.

"그 학생들 사정도 참 딱하게 됐죠. 대학생들은 대부분 주소를 지금 집으로 안 옮겨 놨기 때문에 이주 보상은 한 푼도 못 받았거든요. 그리고 더 큰 문제는 당장 이곳을 떠나면 월세 부담이 훨씬 커질 수밖에 없다는 거예요. 가뜩이나 비싼 등록금 감당하기도 어려운 형편에, 그나마 싼값에 살던 방에서마저 쫓겨나야 하니……."

당신이 살고 있듯 나 또한 살고 싶다

다음 날 찾아간 곳은 왕십리 제1구역으로, 그곳에서 10년 넘게 세입자로 살아온 이은정 씨를 만났다.

"지난해 퇴근길이었어요. 마을에 주거 이전비 지급 공고가 나붙은 걸 보고는 깜짝 놀랐지요. 여기는 세입자가 무려 85퍼센트에 가까운 곳이었거든요."

보상비를 받은 주민들이 하나 둘씩 떠날 때였다. 세입자는 안중에도 없이 떠나는 집주인들이 한편으로는 원망스럽기도 했지만, 오랜 시간을 고민한 끝에 은정 씨는 끝까지 남기로 마음을 정했다.

"처음에야 저도 뾰족한 방법이 없으니 이사 갈 집을 찾아봤지요. 그런데 도무지 갈 데가 없었어요. 서울 땅 어디건 재개발한다고 들쑤셔 놓지 않은 곳이 없으니, 여기도 저기도 집값이 어지간히 뛰었어야 말이죠."

그 사이 90퍼센트의 주민들이 마을을 떠났지만, 은정 씨는 무기력하게 쫓겨나는 대신 왕십리에 남아 권리를 찾아보기로 했다. 지난 5월, 남은 주민들과 함께 비상 대책위를 꾸린 그는, 매주 화요일과 목요일에 성동구청 앞에서 집회를 갖는다.

"법적으로는 세입자들에게 임대 아파트 입주 자격과 주거 이전비, 그리고 개발 기간 동안 머물 수 있는 가이주 단지 등을 제공해 주어야 해요. 그런데 지금까지 가이주 단지를 실제로 마련해 준 예는 없다고 하데요. 그렇지만 엄연히 법이 존재하는 만큼 저희는 이걸 얻어 내기 위해 싸우고 있어요."

결연하게 말하고 있었지만 그의 얼굴엔 긴장이 감돌았다. 그 이유를 물었더니 언제 들이닥칠지 모를 철거 용역 이야기가 답으로 돌아왔다. 언젠가부터 지역에 상주하기 시작한 건장한 청년들이 안전을 위한 빈집 순찰이라는 명목으로 골목골목 어슬렁거리고 있다는 것이다. 밤에도 몰려다니면서 얼른 떠나라고 협박을

해 대는 통에 경찰에 신고도 여러 차례 했지만, 경찰의 대응은 항상 몇 박자씩 늦었다. 그 과정에서 세입자들이 폭행을 당하는 일이 빈번하게 빚어지기도 했다.

은정 씨와 헤어져 인적마저 뚝 끊긴 마을을 찬찬히 둘러보았다. '당신이 살고 있듯 나 또한 살고 싶다.'라고 적힌 벽화를 가만히 들여다보는데 문득 살벌한 기운이 느껴졌다. 청색 안전 조끼를 걸치고 마을을 어슬렁거리는 용역들과 마주친 순간 조금 전 은정 씨가 들려준 말이 떠올랐다. 혼자서 마을을 둘러볼 때는 조심하라며 귀띔해 주었던 것이다.

30년째 금속 공장에서 일을 하고 있다는 정씨를 만난 건 광신이발관, 상원축산, 협신철강, 정우정밀을 지나 두 번째 골목으로 접어들 때였다. 주민들은 떠나고 없지만 마을 곳곳에 정겨운 풍경들이 고스란히 남아 있었다.

"다 떠나고 이제 여섯 곳의 공장만 남았어. 내 반평생이 이렇게 무너질 거라고는 미처 생각 못했네. 재개발? 좋지. 그런데 말이야, 가진 것 없는 사람들 눈에서 피눈물 나게 하는 재개발이라면 그게 과연 진짜로 사람들을 위한 제대로 된 개발인 걸까?"

재개발 이후 담배와 술이 부쩍 늘었다는 정씨가 줄담배를 피워 물었다. 그사이 어디선가 용역들이 다시 나타나 주변을 어슬렁거리고 있었다. 만날 보는 얼굴들이어서 그런지 그는 위협적인 시선을 보내는 용역들을 보면서도 아무렇지 않은 듯 씁쓸하게 웃어보였다.

"집이야 줄이고 줄여 단칸방이라도 구해 살면 된다지만, 이 나이에 공장을 버리고 떠나서 뭘 먹고 살란 말인가. 기름밥 30년 인생 참 허무하다는 생각이 드네. 거기다 오랜 세월 정 붙이고 살아온 고향 같은 동네를 떠나는 것도 쉽지는 않은 일이야. 서호철강이랑 대우정밀이 떠나던 날, 마지막 술잔을 나누며 눈시울을 붉혔던 기억이 나는구먼. 나는 여기보다 더 훈훈하고 인간미 넘치는 곳을 아직 본 적이 없네. 어디 가서 이렇게 좋은 사람들 만나이웃하고 살 수 있을지."

낮술에 취한 듯 아련히 회한에 젖어드는 정씨를 뒤로하고 마을을 빠져나오는 길이었다. 일과를 마친 뒤 칠성식당에 삼삼오오모여 삼겹살에 소주잔을 기울였을 지난 그림자들이 자꾸만 내 발길을 붙들었다.

사진_ 허태주

26

최영국 씨가 말했다.

"만약에 말입니다. 조합원들이 찬반 투표를 해서 재개발추진위원장의 집을 부수자는 결과가 나왔다면 그 사람은 어떤 반응을 보일 것 같습니까? 이건 재개발추진위원장뿐 아니라 모두에게 묻고 싶은 질문입니다."

김순영 씨가 말했다.

"주거 환경이란 게 대체 뭐지요? 저렇게 눈에 보이는 거요? 모델하우스 같은 거요? 주거 환경이 곧 재산적 가치가 돼 버리는 현실이 슬플 따름입니다."

오경숙 씨가 말했다.

"그저 눈에 보기 좋은 서울을 만들려고만 하지 말고 그 안에서 사람 냄새가 났으면 좋겠어요. 사람들 사는 곳에 사람 냄새가 사라진다면 그거야말로 사막 아닌가요?"

이은정 씨가 말했다.

"왕십리에는 남자는 금속공, 여자는 재봉공이 대부분이었지요. 다들 열심히 살았어요. 욕심이 많은 사람보다는 이웃과 나눌 줄 아는 고운 심성들을 갖고 있었고요. 이곳에서 십여 년을 세입자로 살면서 저는 사람이 따뜻하다는 걸 알았어요. 그런데 지금 그 사람들이 보이지 않네요."

그리고 재개발 지역 벽 곳곳에는 이런 글귀들이 새겨져 있었다.

'갈 곳이 없어요.'

'우리 집은 어디에 있나요?'

'우리의 봄날은 어디로 갔나요?'

'새 집 줄게 헌 집 달라고요? 호호.'

"59년 왕십리가 역사 속으로 사라지고 21세기 새로운 시대를 열어 갈 왕십리의 재탄생 순간이 왔다." 2008년 10월 이호조 성동구청장은 왕십리 민자 역사 개관 연설에서 이렇게 강조했다. 같은 하늘 아래 그 반대편에서는 '뉴타운'이라는 명목으로 살던 곳에서 쫓겨난 채, 지금 이 순간에도 기본적인 주거권 확보를 위해 싸우고 있거나 서울 변두리 혹은 경기도 어딘가의 지하 단칸방에서 고단한 몸을 누이는 우리의 이웃들이 있다.

오랜 시간 동안 집 없는 서민을 울려 왔던 재개발의 새로운 이름 '뉴타운 사업', 국회의원 선거에서 여당에 압승을 가져다주었던 바로 그 뉴타운 사업으로 인해 서울 전역은 거대한 공사장이 되어 버린 지 오래다. 주지하다시피 뉴타운 사업의 근본적인 문제는 원주민들의 재정착이 가능한 재개발이 아니라 개발 이익 창출에 목적을 둔 재개발이라는 것. 세입자들을 위한 임대 아파트는 17퍼센트 정도만 지어지는 형편이고, 개발 전 저렴한 소규모 주택이 모여 있던 곳이 개발 후에는 중대형 아파트로 탈바꿈하면서 서민들이 낮은 전세가로 살 수 있는 주택은 단 한 곳도 남지 않는다. 집주인들 역시 추가 부담금 2억 정도는 내야 동일 평수의 아파트에 들어갈 수 있기 때문에 오래도록 살던 고향 같은 곳을 떠날 수밖에 없다. 그리하여 원주민들은 쫓겨나고, 건설사와 대지분을 소유한 지주들, 그리고 투기꾼들만 배를 불리게 되는 것이 바로 뉴타운 사업의 실체이다.

다시 한 번 묻지 않을 수 없다. 뉴타운 사업은 누구를 위해, 무엇 때문에 시행되고 있는 것인지.

길에서 다 늙었지 뭐

성탄 캐럴이 울려 퍼지는 서울 수색시장 앞 삼
거리. 서른두 살에 길과 인연을 맺었다는 김영엽 씨의 '옛날붕어
빵'은 그 모퉁이에 있었다. 도심 속 강江을 연상케 하는 횡단보도
앞에서 신호를 기다리는 행인들에게 천 원 한 장이면 입은 물론
이고 마음까지 훈훈하게 해 주는 바로 그 길목이었다.

"지금이야 웃으면서 말할 수 있지만 여기에 자리 잡기까지는
사연이 너무 많아. 사흘이 멀다 하고 쫓겨 다녔거든."

전남 고흥에서 태어난 김영엽 씨가 서울 홍제동 산동네로 이사

를 온 건 30년 전이었다. 평범한 남자 만나 있는 듯 없는 듯 표 나지 않게 살고 싶었던 그는 신혼살림을 꾸려 오른 상경길이 영 내키지 않았다. 아니나 다를까, 건축업에 손을 댄 남편은 한숨짓는 일이 점점 잦아졌다. 반려자는 잘 만났으되 정작 그 반려자가 하는 일은 꼬이기만 했고, 그로 인해 빈손의 날들만 쌓여 갔다. 더는 남편만을 바라보며 살 수가 없게 된 것도 그 때문이었다. 무럭무럭 자라는 어린 두 아들을 위해서라도 그는 팔을 걷어붙여야 했다.

"믿지 않았다면 거짓말이고, 그렇다고 남편을 원망하지는 않았어. 더러 그런 사람이 있잖아. 사람은 좋은데 하는 일은 잘 안 되는. 이미자가 괜히 〈여자의 일생〉을 불렀겠어."

벌금 5천 원을 내야 경찰서 문을 나설 수 있었어

가사에서 벗어나 생업 전선으로 뛰어든 여자의 일생은 그러나 결코 녹록지 않았다. 새벽 3시에 잠을 털고 일어나 경동시장으로 달려간 그는 떡부터 받았고, 그렇게 눈물로 한숨을 지으며 여섯 해를 보냈다. 시절마저 썩 좋지 않은 군사 정권 때여서 경찰들과의 술래잡기에 넌더리가 날 지경이었다. 쫓아오면 도망가고, 잠

32

잠하면 다시 본래의 자리로 돌아가 떡을 팔았다.

"부지런히 팔면 하루 만 원 벌이는 되는데 그걸 다 가져가는 날은 정말 드물었어. 경찰서로 끌려간 날은 고스란히 절반을 내놓아야 했지. 그 돈이 누구 수중으로 들어갔는지는 알 수 없지만 그 시절엔 그랬어. 벌금 5천 원을 내야 훈방 조치로 경찰서 문을 나설 수 있었어."

홍제동에서 수색으로 이사를 한 건 그 무렵이었다. 수색역 앞에서 붕어빵을 굽는 남자가 노점을 그만둔다는 소리를 전해 듣고서였다. 그날 그는 떡을 팔다 말고 그곳으로 달려갔다. 하지만 권리금이 만만치 않았다. 목을 생각하면 분명 많은 액수가 아닌데도 그는 선뜻 답을 줄 수 없었다.

사흘만 말미를 달라며 당부하고 집으로 돌아온 그는 그날 밤 자정이 지나도록 잠을 이루지 못했다. 장롱 깊숙이 묻어 둔 통장을 꺼내 보기 여러 차례, 자꾸만 두 아들이 눈에 밟혔다. 아들들이 중학교에 입학하면 쓰려고 따로 장만한 통장이었다. 그렇다고 모처럼 찾아온 기회를 놓칠 수는 없었다. 쫓겨 다니는 장사에 지칠 대로 지쳐 있었던 것이다. 호루라기 소리만 들려도 경찰만 보여도 큰 죄를 지은 사람처럼 심장이 두근거리곤 했다.

"지금도 그래. 멀리서 경찰이라도 슬쩍 보이면 가슴이 먼저 벌렁거려."

다음 날 그는 눈을 질끈 감고, 초등학교에 다니는 두 아들을 위해 따로 돈을 모으던 통장을 깨 붕어빵 노점 자리를 인수했다. 비록 길거리이긴 하지만 떡장사 여섯 해 만에 장만한 붕어빵 노점은 그의 가슴을 설레게 했다. 그제야 실향민처럼 떠돌던 행상을 접고 본향으로 돌아온 기분이었다.

문제는 연탄불과 추위였다. 빵을 구워 내는 일은 무엇보다 연탄불을 꺼뜨리지 않는 게 급선무인데 그러기 위해서는 두 개의 화덕을 따로 둬야 했다. 그 무렵엔 또 도시의 미관을 해친다는 이유로 노점상들에게 천막 치는 걸 금지했는데 그 때문에 그는 추운 날씨에 발을 동동 구르며 붕어빵을 구워야 했다.

"내 볼 좀 봐. 화장한 것처럼 빨갛지? 그때 얻은 동상이야. 잘 됐지 뭐, 남들은 없는 돈 들여 화장을 한다는데 나는 동상 덕에 그 돈 벌었잖아."

자신의 볼을 보라며 웃음을 짓던 그가 다시 말을 이었다.

"추석 지나서 시작하면 다음 해 봄에 장사가 끝나는데, 20년 넘게 그 매운바람을 다 맞았으니 오죽하겠어. 아마 나만큼 찬 바람 많이 맞은 사람도 없을 거야. 지금은 괜찮아. 그때는 미관상 좋지 않다고 포장을 못 치게 하더니 10여 년 전부터는 포장을 안 친 노점은 오히려 단속을 하거든."

대체 어느 장단에 맞추라는 것일까. 붕어빵을 구워 생계를 잇는 동안 대통령이 다섯 차례 바뀌고, 노점상을 관리하는 기관 또한 경찰서에서 관할 구청으로 바뀌었다. 하지만 노점상을 바라보는 눈은 크게 달라지지 않았다. 김영엽 씨는 높은 사람이 바뀔 때마다 얼굴을 달리하는 '고무줄 행정'을 못마땅해했다. 장단을 맞추기는커녕 갈팡질팡 줄을 서는 일조차 어렵다며 쓴웃음을 지어 보였다.

특히 그의 뇌리에 1988년 서울올림픽과 2002년 한일월드컵은 두 번 다시 기억하고 싶지 않은 악몽으로 남아 있다. 그렇듯 나라 이름을 내건 잔치가 있는 해면 대부분의 노점상들은 아예 장사를 접어야 했다. 예나 지금이나 관행처럼 집행되는 토끼몰이 식 노점상 단속도 문제가 아닐 수 없다. 경기도 고양시에서 붕어빵을 굽다 목을 맨 이근재 씨의 죽음이 말해 주듯이, 도시 환경을 위한다는 명분으로 행해지는 단속은 여전히 영세 노점 상인들을 위협하고 있는 실정인 것이다.

10여 년 전부터 가스불로 붕어빵을 굽기 시작했다는 그가 방금 구운 빵을 내밀었다. 그러고 보니 그의 손놀림이 예사롭지 않다. 한 판에 세 개씩 구워져 나오는 틀 위에 10원짜리 동전을 이리저리 옮기고 있었는데, 왜 그런가 했더니 다 이유가 있었다. 빵 틀 위의 10원짜리는 나침반 역할을 하고 있었다. 그러니까 그는 따로 시간을 재지 않고도 10원짜리를 올려놓은 방향에 따라 척척 쇠갈고리로 빵 틀을 뒤집고 다 익은 빵을 꺼내는 것이었다.

"저 여자? 돈순이야. 옷도 안 사 입고, 놀러도 안 가. 두 아들을 그렇게 대학 졸업시켰지. 이 길바닥에서 나하고 23년째 장사하고 있는데 하루도 쉬는 걸 못 봤어. 그뿐인가, 데모도 엄청 하고 다녔지."

엎어지면 코 닿을 거리에서 삶은 옥수수와 곡물을 파는 할머니가 무슨 일인가 싶어 들렀다가 내 옆구리를 쑤시며 몇 마디를 늘어놓았다. 김영엽 씨의 얼굴이 살짝 붉어졌다. 구운 족족 팔리던 붕어빵도 잠시 숨 고르기를 하고 있었다.

"뉴스는 되도록 안 보려고 해. 속이 터져서 말이야. 아들 둘 낳고 이 장사를 시작했으니 시간이 꽤 흘렀는데도 쫓겨 다닐 때 생각하면 지금도 가슴이 떨려. 그래도 한 가지 배운 건 있어. 남을 힘들게 하고 싶지는 않아. 내가 많이 당해 봤잖아."

겨울에는 붕어빵을 굽고 5월부터는 가래떡을 구워 생계를 꾸려 간다는 그, 그러면서도 자신 말고 곡물을 파는 저 할머니를 인터뷰하라며 한사코 사양하던 김영엽 씨의 입에서 불쑥 이런 말이 튀어나왔다.

"나나 저 할머니나 뭐 다를 게 있남. 길로 나와 길에서 다 늙었지 뭐."

대통령 바뀐 요즘이 제일 민감한 시기야

이튿날 오후 4시경, 마포구 용강동 한국전력 앞 '가든 포장마차'를 찾아갔다. 늘 그 시각에 일과를 시작한다는 한옥순 씨는 주차장에 세워 둔 포장마차를 끌고 와 전을 펴고 있었다. 전을 펴고 접는 데만 무려 세 시간이 걸린다며, 그가 포장을 치고 의자를 내릴 때였다. 한국전력 정문 앞 인도는 순식간에 포장마차 행렬로 이어졌다.

"지금은 별것 아니야. 10년 전만 해도 여기에 포장마차가 스물두 개나 됐어."

그렇다면 22개의 포장마차 중 15개는 어디로 사라진 것일까?

난방용으로는 물론이고 요리할 때도 사용을 한다는 석유난로에 어묵 국물부터 올린 뒤 갯장어, 굴, 멍게, 주꾸미, 닭똥집 등 안줏 감을 손질하고 있는 그를 잠시 붙들었다. 그들 중 절반 넘는 사람들이 하루아침에 어디로 사라졌는지 그 이유를 알고 싶었다.

"그야 높은 데서 노점상을 단속하라는 어명이 떨어져서 그랬지. 포장마차 20년에 1992년처럼 혹독한 해가 또 있었을까. 장사는 뒷전이고 데모만 하러 다녔으니 사는 게 오죽했겠어. 그 무렵이야. 구청에서 3년 무이자로 500만 원을 대출해 줬는데 그때 많이들 떠났어. 지금 남아 있는 사람은 그 대출을 안 받겠다며 버틴 사람들이고. 한번 생각해 봐. 그 돈 받아서 어디를 가겠어. 더는 갈 곳이 없으니까 명동성당에 들어가 한 달을 버텼는데 그때 전경들한테 숱하게 얻어맞았지. 몸에 시퍼런 멍이 가실 날 없었고. 남들 눈에는 보잘것없어 보일지 모르지만 지금 이 자리가 그래. 피눈물로 지켜 온 자리야."

두 번 다시 기억하고 싶지 않은 그때의 악몽이 되살아난 것일까. 하던 일을 잠시 멈춘 그가 자리를 잡고 앉았다.

"우리처럼 노점 해서 밥 먹고 사는 사람들은 대통령 바뀐 요즘이 제일 민감한 시기야. 새로 바뀐 대통령이 노점상을 어떻게 대

할지 신경이 곤두설 수밖에 없거든. 높은 사람 한마디면 하루아침에, 아니 한순간에 무너지는 게 노점상이잖아."

독한 구석이 많은 사람일수록 남 몰래 흘리는 눈물 또한 많다고 했던가. 10여 종이 넘는 안주를 손질해 분주하게 얼음 위에 올려놓는 그의 얼굴을 가만히 들여다보았다. 그제야 모자를 눌러쓴 얼굴에서 임대 아파트를 전전하며 살아온 예순 해의 흔적들이 흐릿한 포장마차 전등 아래 모습을 드러냈다. 그 세월은 손으로 만지면 잔주름까지도 고스란히 짚어질 것 같은 목판화의 형상을 하고 있었다.

지금도 쫓기는 꿈을 종종 꿔

마음은 굴뚝같았지만 두 아들을 고등학교밖에 가르치지 못했다는 회한을 늘어놓으며, 그가 재차 손을 놀렸다. 첫 손님을 맞은 건 오후 7시경. 포장마차에 들어서는 두 여성의 첫 마디는 "아, 따뜻하다."였다. 청하를 한 병 시킨 둘은 안주를 선택하는 과정에서 선뜻 결정을 내리지 못하고 있었다. 한옥순 씨는 그 사이 더운 김이 모락모락 피어나는 어묵 국물과 오이를 듬성듬성 썰어 된장과 함께 내놓았다.

첫 손님의 요구대로 매콤하되 단맛이 나는 갯장어 안주를 요리하고 있을 때였다. 2011년 세계육상선수권대회를 앞두고 단속에 들어간 대구광역시 신천4동 체육공원 옆 풍물거리 포장마차 상인들의 딱한 사정이 머리를 스쳐 갔다. 오래전 그곳에 포장마차거리를 개발하겠다 약속한 동구청은 행인의 발길이 뜸한 새벽을 틈타 철거 용역 업체와 구청 직원 40여 명을 앞세워 강제 철거를 집행했다. 두 여성에게 안주를 만들어 내미는 한옥순 씨에게 얼마 전 대구에서 벌어진 그 일을 알고 있느냐고 묻자 그는 한숨부터 내쉬었다.

"나도 그런 일 진저리 나게 겪었어. 하루는 장사하러 나왔더니 포장마차가 들어설 자리에 화분이 잔뜩 놓여 있는 거야. 얼마나 황당하던지. 차라리 콱 뒤집어엎으면 좋겠는데 은근히 사람을 괴롭히니까 그게 더 싫더라고. 사실 이 포장마차 네 번이나 바꿨어. 수명이 다해서 바꾼 건 아니고 단속반들이 들이닥쳐 부순 거지."

술을 끊었다가도 그런 일을 겪고 나면 다시 마시게 된다며, 걸핏하면 관할 구청에서 태클을 거는 주민 신고에 대해서도 한마디 푸념을 덧붙였다.

"20년이면 나도 포장마차 끌고 다니며 세월 다 보낸 사람이잖

아. 그래서 하는 말인데 주민들은 민원 신고 안 해. 주위에 가게를 갖고 있는 사람들이 하는 거지. 속에서 열불이 나는 건 그것 때문이야. 남의 속사정까지야 다 알 수 없지만 눈비 피할 가게를 갖고 있다면 먹는 장사에서 중소기업 축에 드는 것 아닌가. 이런 말 안 하려고 했는데 오늘은 해야겠네. 포장마차 하는 사람들도 주위에 횟집 들어서면 피장파장으로 매상 뚝 떨어진다고."

서울과 인천 등지에서 포장마차로 생계를 꾸리다 사망한 이의 시신을 자신의 눈으로 직접 보기도 했다는 한옥순 씨가 기어이 눈물을 글썽였다. 이제 얼마 남지 않은 인생, 더도 말고 덜도 말고 앞으로 다섯 해만 마음 편하게 장사하고 싶다는 그가 생뚱맞게도 벚꽃 이야기를 꺼내 놓았다.

"20년 넘게 올빼미로 살아서 그런지 낮이 그리워. 밝은 대낮에 공원도 거닐어 보고 싶고, 특히 벚꽃이 필 때면 무진장 가슴이 설레. 이 포장마차가 있는 자리에도 해마다 봄이 되면 벚꽃이 피는데 주차장에서 포장마차를 끌고 오다 환하게 피어 있는 벚꽃을 보면 동네 주민들이랑 이 길을 걸어가는 사람들에게 참 미안해져. 활짝 핀 벚꽃을 포장마차가 가리고 있다는 죄책감이랄까?"

지금도 단속반들에게 쫓기는 꿈을 종종 꾼다는 그가 벚꽃 이야기를 하며 모처럼 환하게 웃었다. 그의 이야기를 듣다 보니 벌써 자정이 가까워 오고 있었다. 한 해의 끝자락에 매달려 있는 12월은 동창회다 송년회다 해서 다들 물 좋은 곳으로 빠져나가는 터라 포장마차 매상은 최악이라는 그의 말이 그제야 실감이 났다. 그와 이야기를 나누는 여섯 시간 동안 다녀간 손님은 다섯 손가락으로 셀 정도였다.

사진_박정훈

44

시간이 꽤 흘렀는데도 생생함이 식지 않은, 양 볼에 든 동상을 내보이며 자랑하던 김영엽 씨. 일부러 화장할 필요 없으니 얼마나 좋으냐는 말이 마음을 짠하게 울렸다. 길거리에서 얻은 훈장 치고는 제법 가슴 아픈 훈장이었다. 얼마나 오랜 세월을 길거리에서 보냈으면 두 볼이 그렇게 얼어 버렸을까.

밀가루값이 오르면서 붕어빵값도 많이 올랐다. 그래도 나는 길을 가다 붕어빵을 파는 포장마차가 보이면 일부러라도 사 먹게 된다. 별것 아니지만, 그동안 만난 취재원들에게 전염된 기분 좋은 바이러스가 아닐 수 없다. 누군가 살아가는 모습을 그냥 스쳐 지나치지 않고 함께 아파할 수 있는 것! 나는 안다, 바로 그것이 내 삶의 밑거름이 되고 있음을.

포장마차 한옥순 씨는 지쳐 보였다. 유행가 가사처럼 죽지 못해 사는 인생, 짧은 만남이었지만 그런 모습을 여러 차례 볼 수 있었다. 실제로 우리 주위에는 한옥순 씨 같은 분들이 얼마나 많은가. 희망이라는 말마저 버거운 삶! 나는 가진 자들이 엄살을 부리면 눈을 흘기게 되지만, 한옥순 씨 같은 분들이 아프다고 하면 그게 진심임을 안다. 적어도 그들은 함부로 울지는 않기 때문이다.

언제부턴가 서울의 거리 풍경이 하루가 다르게 달라지고 있다. 간판들은 약속이나 한 듯 비슷한 모양으로 바뀌어 가고, 노점상들은 어느 순간 사라져 버리거나 낯설게 생긴 회색빛 박스 안에 하나 둘 자리를 잡고 있다. 서울시가 진행하는 '디자인 서울' 정책의 일환인 '디자인 거리' 조성 사업에 따른 결과라고 한다. 도시를 아름답고 깨끗하게 만드는 것, 물론 좋은 일이다. 하지만 문제는 '디자인 거리'를 만드는 일이 단순히 간판 모양을 바꾸는 것에 그치지 않는다는 사실. 일단 디자인 거리로 지정된 곳은 노점 절대 불가 지역이 되어 기존 노점을 싹쓸이하거나 이면 도로로 이전시킨다. 노점을 운영하는 시민의 생존권보다는 명품 도시로서의 서울을 만드는 것이 더 중요한 과제이기 때문이다.

서울시의 노점상에 대한 홀대는 이뿐만이 아니다. 서울시는 '노점 관리 대책'이라는 명목 아래 노점 자격, 장사 품목, 장소, 규격 등에 대해 노점상에게 불리한 온갖 규정을 들이대 노점을 관리 감독하고 있으며, 관리를 거부하면 이를 구실로 단속을 행한다. 이는 결국 엄격한 관리를 통해 노점을 줄이는 것을 목표로 하는 것. 이와 같은 비인간적인 노점상 관리가 비단 서울시만의 정책이 아님은, 평택에서, 고양에서, 성남에서 자신의 목숨을 던져 가며 단속에 항거한 많은 이들의 죽음이 증명해 주고 있다. 노점상을 시민으로 인정하지 않고 도시 미관과 발전의 저해 요소로만 바라보는 사회와 지자체의 인식이 바뀌지 않는 한, 기본적인 생존권을 부르짖는 이들의 목소리는 앞으로도 사라지지 않을 것이다.

무서운 쓰레기,
두려운 새벽 거리

오후 6시, 저녁 식사를 마친 윤유복(60) 씨가 대구광역시 북구 동천동 집을 나섰다. 일찍 퇴근길에 나선 인파와 뒤섞여 버스를 탄 그가 내린 곳은 팔달시장 앞. 서구 비산5동 동사무소를 향해 걷던 윤씨가 자신의 이름에 얽힌 사연 한 토막을 들려주었다.

"사실 난 아버지 얼굴을 몰라. 유복자로 태어났거든."

2남 1녀 중 막내인 유복자로 태어나 이름도 그렇게 지었다는 그와 동사무소에 도착한 다음이었다. 겨우 눈비를 피할 정도인

귀퉁이 쉼터에서 옷을 갈아입는 광경을 지켜보던 나는 내 눈을 의심하지 않을 수 없었다. 집에서 입고 나온 평상복을 작업복으로 갈아입은 순간 갑자기 그의 체구가 한 뼘쯤 작아져 버린 것이다. 어딘가 모르게 슬픔이 밴 작업복에 야광 조끼를 걸친 윤씨가 담배를 꺼내 물었다.

"이 담배를 피울 날도 얼마 남지 않았구먼. 정년퇴직하면 끊기로 집사람이랑 약속했거든."

정년퇴직을 반년 앞둔 윤유복 씨에게 하루 한 홉의 소주와 한 갑의 담배는 피로 회복제나 다름없다. 일이 꼬이거나 부글부글 끓어오르는 화를 삭일 때 술과 담배는 정다운 동무와 같다. '기럭지'가 길어서 한 개비를 두 번에 나눠 피운다는 장미 담배를 예찬하던 그가 이윽고 리어카 손잡이를 붙들었다. 손목시계의 바늘은 오후 8시를 가리키고 있었다.

오후 8시, 리어카를 앞세운 그가 골목으로 들어섰다

리어카를 앞세워 거리로 나오자 귀가하는 사람들 사이로 가로등에 불이 들어왔다. 벌써 사흘째 대구 기온은 열병을 앓고 있었다. 어제 부산에서는 폭염으로 세 명이 사망했다는 소식도 들려

50

왔다. 윤씨의 리어카가 분지의 폭염을 뚫고 골목으로 들어섰다. 더위를 식힐 겸 골목에 나와 있던 마을 노인들이 윤씨를 보고 알은체를 했다. 백발이 성성한 한 노파는 객지에 나간 맏아들을 맞이하는 듯한 목소리로 "오늘도 고생 많소." 하며 윤씨를 격려하고 나섰다.

"많이 더우시죠?"

"말도 마. 방이고 부엌이고 찜통이야!"

엄살이 아니었다. 생활 쓰레기를 수거하기 위해 원터5길 골목으로 접어들자 숨이 턱턱 막혔다. 방금 지나온 소방 도로와 달리 골목에는 바람 한 점 불지 않았다. 리어카 한 대가 간신히 들어가는 막다른 실골목으로 접어들었을 적엔 온몸이 금세 땀범벅이 되었다. 그제야 나는 여름보다 겨울이 일하기 낫다고 한 윤씨의 말을 이해할 수 있었다.

"여름에 골목을 치우고 나면 찜질방에서 나오는 기분이야. 옷이 금방 축축해져."

숨 막히는 찜통더위 속에서 윤씨가 부지런히 손을 놀렸다. 지그재그로 서너 골목쯤 돌았을까. 눈 깜짝할 사이에 빈 리어카가 가득 찼다.

새벽 2시경 구청 운반 차량이 수거해 간다는 장소에다 방금 골목에서 나온 쓰레기를 부릴 때였다. 가로등이 하나 서 있는 그곳에 제법 큼직한 글씨로 경고문이 붙어 있었다.

'쓰레기 불법 투기 또는 비규격 봉투 사용 시에는 최고 100만 원까지 과태료 처분을 받게 됩니다.'

우리의 자화상이나 다름없는 경고문은 그 뒤에도 여러 차례 발견되었다. 고구랑7길에는 불법 투기 신고 포상금제를 실시한다는 안내문이, 참아름3길에는 커다란 양심의 거울이 걸려 있기도 했다.

"종량제 실시한 뒤로 많이 좋아지긴 했지만 아직도 그냥 비닐 봉지에 담아 버리는 사람들이 많아. 한 푼이라도 아끼려는 심정을 모르는 바 아니지만 이제 고칠 때도 되지 않았나 싶어."

그러면서도 그는 골목과 소방 도로에 몰래 내다 버린 비규격 봉투를 방치하지 않았다. 겨울이면 모를까, 여름에 저걸 불법이라고 그냥 두었다가는 마을 전체가 악취로 뒤끓는다는 것을 익히 알고 있기 때문이었다.

운반 차량이 수거해 갈 장소를 말끔히 정리 정돈한 윤씨가 다시 리어카 손잡이를 그러쥐었다. 고만고만한 면적에 지붕이 낮은 집들, 가로등마저 없는 컴컴한 골목. 유달리 그 골목에는 연탄재를 내놓은 곳이 많았다. 골목은 물론 이웃들의 살림살이까지 훤히 꿰고 있는 윤씨의 말에 따르면 이 골목은 환자가 많고 나이 든 노인들이 절반 넘게 살고 있는 곳이라고 했다. 할 얘기가 더 남았는지 골목을 치우다 말고 윤씨가 담배를 입에 물었다.

"분리수거랑 종량제를 하기 전에는 땡그랑땡그랑 요령을 쳤잖아. 그때는 주민들하고 싸움 참 많이 했구먼. 나는 통금이 풀리면 곧 일을 시작했는데 너무 일찍 쓰레기를 걷어 간다고 야단들이었지."

그런 시절이 있긴 있었다. 자다 말고 일어나 청소부가 나타나기를 기다리던 때.

아는 사람의 소개로 1978년에 환경미화원으로 발을 내디뎠다는 윤유복 씨는 그 무렵 마음의 갈등이 무척이나 컸다고 한다. 하루만 일을 안 나가도 봉급에서 삭감되는 일당직을 계속해 붙들고 있어야 하는 것인지 쉬이 마음을 정하지 못하던 시절이었다. 당시는 또 한창 건설 경기가 좋아 청소 일을 하던 동료들이 줄줄이 이직할 때이기도 했다. 하지만 그는 명절이라고 해야 고작 하루 쉬는, 휴가비는 물론 보너스 한 푼 나오지 않는 청소부 일을 천직

으로 받아들일 수밖에 없었다. 어머니까지 해서 여섯 식구의 생계를 책임지고 있는 그로서는 무엇보다 안정적인 직장이 필요했던 것이다.

"마라톤 선수처럼 앞만 보고 달렸지 뭐. 이 봉급 가지고 한눈팔다가는 여섯 식구 거덜 나기 십상이었거든. 그때 깨달은 것이 하나 있는데, 내 눈은 앞만 보라고 생겼다는 거야."

그런 그가 이번에는 오거리1길과 동아리3길의 수거 작업을 마친 뒤 고구랑7길로 들어섰다. 시간은 벌써 오후 10시를 가리키고 있었다. 골목을 치우는 동안에도 윤씨는 자신보다는 고구랑7길 주민들의 이야기를 주절주절 늘어놓았다.

"저 집은 마늘 까서 살아가는 집이고, 저 집은 밤 까서 사는 집이고, 또 저 집은 나이 든 환자가 둘이나 되고……."

총도 무섭고 차도 무섭지만 나는

6차선 도로로 나오자 그의 리어카가 위태로워 보였다. 크고 작은 차량들이 쏘아 대는 불빛으로 인해 그의 야광 조끼마저 무용지물이 돼 버렸다. 드문드문 인도를 오가는 시민들의 시선 또한 고울 리 없었다. 이십대 초반의 한 여성은 리어카를 끌고 가는 윤씨와 마주치자 코부터 틀어막았고, 술을 마신 젊은이 몇은 눈살을 찌푸렸다. 그들을 이해 못할 건 없었다. 윤씨는 분명 코를 틀어쥐게 만드는 악취 속에서 일하고 있기 때문이다. 그러나 뒤집어 보면 이렇게 반문할 수도 있지 않을까. 그 악취를 풍긴 건 너와 나, 그리고 우리 모두가 아니냐고.

횡단보도를 건넌 윤씨가, 질주하는 차들이 짓밟아 버려 옆구리가 터진 봉지의 쓰레기를 손으로 쓸어 모았다. 그 모습이 마치 아스팔트 위에 한 그루 나무를 심는 것처럼 보였다. 알 수 없는 일이었다. 생활 쓰레기를 내놓은 곳마다 이렇듯 차들이 주차를 해 놓아 짜증이 날 법도 하건만 그는 싫은 내색 한 번 하지 않았다. 차와 차 틈새를 비집고 들어가 쓰러진 봉투는 반듯하게 일으켜 세우고 터진 봉투에서 쏟아져 나온 퀴퀴한 쓰레기는 한곳으로 묵묵히 쓸어 모을 뿐이었다. 그 일을 다 마친 윤씨가 비지땀을 흘리며 입을 열었다.

"총도 무섭고 차도 무섭지만 나는 쓰레기가 더 무섭다고 생각해. 넉넉잡아 닷새만 저 쓰레기를 그냥 놔둔다고 생각해 봐. 아마 세상은 금방 악취 천지로 변할 거야."

듣고 보니 끔찍했다. 아니, 그런 일이 머잖아 닥쳐올지도 모른다는 생각에 소름이 끼쳤다. 그러나 윤씨는 아랑곳하지 않고 매일 밤 우리가 버린 3톤의 생활 쓰레기를 치우고 있었다.

시간이 또 얼마쯤 흘렀을까. 골목에 내놓은 생활 쓰레기를 다 끄집어내자 새벽 1시가 가까워 오고 있었다. 리어카를 동사무소에 넣고 찾아간 곳은 윤씨가 단골로 드나든다는 막창집. 허기진 배도 채울 겸 라면과 막창, 맥주를 주문한 나는 그동안의 거리를

어림잡아 계산해 보았다. 족히 시오 리는 걸어온 듯했다.

"천천히 걸어가면 시간이 딱 맞을 것 같구먼."

막창집 벽시계가 새벽 2시를 가리키고 있었다. 매일 이 시각에라면 한 그릇과 소주 한 잔으로 골목치기 피로를 털어 낸다는 그가 자리에서 일어났다.

막창집을 나와 20여 분 걸었을까. 어느 호프집 앞에 도착할 무렵 운반 차량이 모습을 드러냈다. 윤씨의 두 번째 작업이 시작되는 시간이었다. 조수석에 앉은 나는 코를 틀어쥐었다. 운반 차량에서 풍기는 악취 때문이었다. 그러고 보니 낯선 길은 아니었다. 어제 오후 8시부터 새벽 1시까지, 윤유복 씨의 리어카가 들락거린 거리였다. 운반 차량은 윤씨가 무려 다섯 시간 동안 골목을 치운 쓰레기를 모아 둔 곳으로 족집게처럼 이동하고 있었다. 느슨한 골목치기와 달리 쓰레기를 차에 싣는 일은 속전속결로 이루어졌다.

운반 차량은 40여 분 만에 생활 쓰레기로 가득 찼다. 그제야 비로소 일과가 끝난 윤씨를 뒤로하고서, 운반 차량을 얻어 타고 성서소각장으로 향했다. 소각장 입구에는 이미 먼저 도착한 차들이 꼬리를 물고 있었다. 소각장 문이 열리기를 목이 빠져라 기다리는 차들이었다. (소각장은 평일에는 새벽 5시, 주말은 4시에 열린다.) 다른 구에서 온 환경미화원 중에는 아예 인도에 돗자리를 깔고 잠을 청하는 이들도 있었다. 공복 담배를 피워 문 개인 용역 환경 미화원들과 말을 섞어 보았다.

"구청 미화원들이 부럽지 뭐. 봉급도 우리하고 엄청 차이가 나거든. 우리는 또 언제 잘릴지 모르는 파리 목숨이고. 하긴 뭐, 그 사람들이나 우리나 남들이 싫어하는 청소 일 하는 건 마찬가지니 이렇게 비교하는 것도 우습구먼. 청소 일이라는 게 좋은 직장은 아니잖나. 이거라도 해서 살아 보려고 했다가 마누라가 도망가는 바람에 인생 망친 미화원이 한둘이 아니거든. 이해는 돼. 요즘 같은 세상에 어느 어수룩한 여자가 쥐꼬리만 한 봉급에 썩은 냄새 풍기는 남자하고 살겠는가, 안 그래?"

시간이 벌써 이렇게 되었나. 그의 얘기를 듣다 보니 30분이 훌쩍 지나가 버렸다. 잘릴 염려만 없다면 어떤 이야기라도 다 들려주고 싶다던 오십대 초반의 미화원이 엉덩이를 탈탈 털고 일어났다. 소각장으로 들어가는 차에 오르다 말고 그가 남은 한마디를 툭 뱉었다.

"미안해. 남은 마누라라도 잘 지켜 내려면 빨리 한 차라도 더 신고 와야 하거든. 우리들 밤과 새벽이 이래. 마누라고 자식이고 안전한 게 아무것도 없어. 이 나이에 버림받지 않으려면 쓰레기와 전쟁을 할 수밖에 없다니까."

아침이 밝아 오는 거리는 세수를 마친 듯 정갈했다

이튿날 새벽에는 중리동 사거리로 나가 보았다. 간밤 돌풍이 몰아친 8차선 차도와 인도는 그야말로 난장판이었다. 차도 한가운데엔 팔다리가 부러진 나뭇가지들이 널브러져 있고, 인도에는 가로수 잎들이 망명 지폐처럼 나뒹굴었다.

인적이 뜸한 거리에서 비질을 하고 있던 윤금순(58) 씨가 좌우를 살피더니 중앙선으로 뛰어들었다. 곧 날이 밝으면 흉하게 드러날 나뭇가지를 줍기 위해서였다. 내년이면 정년퇴직을 하는 윤금순 씨는 19년째 이 일을 하고 있다. 어둠 속에서 비질을 하고 있는 그의 곁으로 다가갔다.

"간밤에 하늘이 난리를 안 쳤는교. 자다가 몇 번을 깼는지 모르니더. 은행나무는 잘 안 떨어지는데 이놈의 뽀쁠라는 매가리가 없어서 그런지……."

그래도 오늘은 양반이라고 했다. 비를 동반한 태풍이 들이닥치는 날에는 일할 엄두조차 안 난다는 것이다. 아스팔트에 떨어진 낙엽이 비에 젖으면 비질하기가 배로 힘들기 때문이다.

○구청에 적을 둔 여성 환경미화원은 현재 3명. 그 가운데 윤금순 씨는 남다른 사연을 갖고 있다. 19년 전 환경미화원으로 일하던 남편이 거리 청소를 하던 중 승합차에 치여 그만 목숨을 잃었던 것이다.

남편의 뒤를 이어 첫 출근을 하던 날이었다. 막상 새벽 거리로 나와 보니 남편의 목숨을 앗아 간 차들이 너무 무서웠다. 차도에 나뒹구는 쓰레기를 보고도 치울 엄두를 낼 수가 없었다.

"새벽에는 신호등이고 뭐고 없는 기라. 빨간 불이고 파란 불이고 막 달리는데 안 무서울 사람이 어딨노."

차에 대한 두려움은 오랜 세월이 지난 지금도 여전하다. 도로에서 청소를 하고 있는데 차가 돌진하듯 갑자기 유턴을 하면 그는 사지가 떨린다고 했다. 그런 일이 한두 번이 아니었던 듯 가슴을 쓸어내리는 시늉을 하던 윤씨가 다시 비질을 시작했다.

윤금순 씨가 맡은 중리 사거리에서 갑을 사거리까지는 왕복 3킬로미터. 새벽과 오후, 하루 두 차례 이곳을 쓴다는 그가 잠시 허리를 편 건 주유소 앞에서였다. 자신도 밤을 꼬박 새웠다는 주

유원이 윤금순 씨에게 자판기에서 뽑은 커피를 내밀자 그제야 윤씨의 얼굴이 조금 밝게 윤곽을 드러냈다. 간밤 몰아친 돌풍 덕에 오늘은 제법 날씨가 선선한데도 그의 이마에는 포도송이만 한 땀방울이 주렁주렁 매달려 있었다.

새벽 3시에 집을 나선 윤씨가 청소를 다 마친 건 오전 8시 30분경이었다. 새벽에서 아침으로 바뀐 차도와 인도는 방금 세수를 마친 듯 정갈했다. 한 뼘쯤 더 넓어진 그 길 위로 네 바퀴 달린 차와 두 발 달린 사람들이 출근하고 있었다.

하지만 윤씨의 일과는 계속되었다. 잰걸음으로 귀가한 그가 밥을 뜨는 둥 마는 둥 하고서 달려간 곳은 인근 동사무소. 출근 도장부터 찍은 윤씨는 일 나갈 채비를 서둘렀다. 자신이 맡은 새벽 거리 청소를 마치고 나면 9시 30분부터 점심때까지 진행되는 골목 청소 일을 나가기 위해서였다. 그리고 보면 청소라는 것은 끝을 모른 채 끊임없이 되풀이되는 일이라는 생각이 들었다. 누군가 버리면 쓸어 담고, 말끔히 청소를 한 뒤 가 보면 또 어지럽혀져 있고…….

자신의 손으로 팔을 주무르던 윤씨가 두 번째 일터로 향하다 말고 아픈 웃음을 지어 보였다.

"병원하고 한의원을 번갈아 다니는데도 팔이 디게 안 낫는다. 그라고 예전에는 안 그랬는데 요즘은 잠자리까지 통증이 찾아와 갖고 애를 안 먹나."

새벽 3시에 일어나 거리와 골목을 쓸고 나면 오후 4시가 되고, 그제야 집으로 발걸음을 옮기는 윤금순 씨. 19년간 비질을 해서 세 아들을 대학 공부까지 시켰다는 그와 헤어져 돌아오는 길이었다. 쓸어도 쓸어도 그 끝이 보이지 않는 낭만의 계절 가을이 가장 싫다는 윤씨의 이야기가 못처럼 박혀 왔다.

사진_김흥구

2007년 8월, 대구는 연일 폭염이었다. 그 폭염 속에서 환경미화원 윤유복 씨는 땀을 뻘뻘 흘리며 쓰레기를 수거했다. 오후 5시부터 다음 날 오전 6시까지 윤씨와 동행하면서 느낀 건 시민들의 양심이 보통 불량하지 않다는 것이었다. 적당히 쓰다 적당히 버리는 세상, 어떤 곳에는 종량제 봉투보다 비규격 봉투가 더 많이 쌓여 있었다. 입으로 먹는 일과 손으로 버리는 일이 왜 그렇게 다른 것인지, 환경미화원 윤씨의 얼굴을 보기가 민망할 따름이었다.

다음 날 새벽에는 윤금순 씨를 만났다. 환경미화원으로 일하다 교통사고로 사망한 남편의 뒤를 이어 일하는 그의 모습은 몹시 위태로워 보였다. 텅 빈 새벽 거리를 질주하는 무법의 차량들 때문이었다. 그 뒤 윤금순 씨의 소식이 궁금해 몇 차례 더 나가 보았지만 여전히 새벽 거리는 나를 오싹 소름이 돋게 했다.

취재를 마친 다음 날이었다. 윤유복 씨의 권유에 못 이겨 서구 지구 환경미화원들과 함께 팔공산으로 야유회를 갔다. 사십여 명쯤 모였을까. 술잔이 오가더니 쿵작쿵작 노래 부르기가 시작되었다. 눈물 젖은 두만강, 옥경이, 백마강 달밤, 선창……. 그때 윤유복 씨가 "어이, 박 선생도 한 곡 해야지." 하며 마이크를 건네주었다. 덕분에 나는 아버지의 십팔번 곡인 〈유정천리〉를 불렀다.

환경미화원 모집 시험이 높은 경쟁률을 기록했다는 기사가 심심치 않게 보인다. 극심한 취업난의 시대, 지방자치단체에 소속된 환경미화원은 처우가 보장되고 비교적 안정적이라는 이점이 있기 때문일 것이다. 하지만 그럼에도 환경미화원은 여전히 사람들이 기피하는 3D 업종의 하나이다. 겨울에는 추위에 떨어야 하고, 비가 내리는 날은 온몸으로 비를 맞아 가며 일을 해야 하는 거리의 환경미화원. 언제 어느 때 사고를 당할지 알 수 없는 위험한 환경에 노출되어 있어서 실제로 많은 수의 미화원이 거리에서 비참한 죽음을 맞기도 한다.

또한 무엇보다도 심각한 것은, 지자체에서 민간 위탁으로 운영하는 환경미화원 문제이다. 직영 미화원 임금의 절반도 안 되는 저임금을 받으며 열악한 노동 조건에서 일해야 하고, 비정규직인 계약직이기에 언제 잘릴지 모르는 불안감을 안고 하루하루 고된 일과를 수행하는 위탁 환경미화원. 미화원 위탁 비율은 점차 증가하고 있는 추세인데, 지자체는 이러한 업무 위탁의 이유로 효율성과 공공 부문 구조조정을 제시한 바 있다. 그러나 실제로는 청소 용역 업체만 배불리고 환경미화원들의 노동 조건은 더욱 열악해졌을 뿐이다. 효율성은커녕 오히려 시민의 혈세만 낭비하고 있는 것이 공공 부문 위탁의 실상인 것. 환경미화원 업무를 직영 정규직으로 전환하면 지자체의 재정도 절약하고 노동자들에게 양질의 일자리도 제공할 수 있음은 여러 자료를 통해 이야기된 상식이다. 그런데 대체 왜 이러한 상식이 어떤(?) 곳에서는 통하지 않는 것일까.

수업 4시간 알바 6시간

"내가 입학했던 1970년대 중반에는 소 한 마리를 팔아 등록금에 하숙비, 책값까지 댔다. 그렇게 팔려 간 소가 어찌나 많았던지 대학을 뜻하는 '상아탑'을 '우골탑牛骨塔'이라고 바꿔 불렀다."-사립대 모 교수

"상당수 사립대들이 적립금을 쌓아 둔 채 등록금을 인상하는 건 말도 안 된다. 정부가 대책 마련에 나서야 한다."-국민일보

"현행 학자금 대출 제도가 높은 이율에 상환 기간도 짧아 대졸자들이 신용불량자로 전락할 우려가 크다."-전국교수노동조합

70

2000년 연간 477만 원이던 사립대 등록금은 매년 평균 6퍼센트가량씩 가파르게 올라 2008년에는 738만 원까지 치솟았다. 이런 추세대로라면 연간 등록금이 천만 원을 넘어서는 것은 시간문제인 듯 보인다. 이렇듯 천정부지로 솟는 등록금에 대해 대학들은 물가 인상과 국고 보조금 감소, 시설 투자 등을 그 이유로 들고 있다. 그러나 대학 재단들의 적립금이 6조 원인 점을 감안하면 이 같은 주장은 설득력이 떨어진다.

한편 이렇게 높은 등록금에도 불구하고 우리나라의 대학생 수는 전혀 줄어들지 않고 있다. 교육인적자원부의 '2007년 고등교육기관 교육기본통계'에 따르면 우리나라의 대학생 수는 326만 2,135명으로, 1억 3,000만 명의 인구를 가진 일본의 대학생 320만 2,377명(2007년 5월 일본 문부과학성 집계)에 비해 무려 5만 9,758명이 많다. 미국과 비교하면 그 차이는 더 커진다. 우리나라 고등학생 80퍼센트가 대학에 진학하는 반면 미국의 대학 진학률은 35퍼센트 선이다. 다른 나라와의 차이는 이것뿐만이 아니다. 우리나라 대학들은 등록금으로 학교를 운영(85퍼센트)하지만 미국이나 유럽 국가들은 등록금(35퍼센트)과 기부금, 후원금으로 운영한다.

알바, 그리고 통과의례와도 같았던 휴학

"다른 학생들은 어떻게 생각하는지 모르겠지만 저는 기부 입학제에 반대하지 않아요. 알바(아르바이트)를 하면서 대학 다니는 게 너무 힘들거든요. 어떤 방식으로든 정부나 학교가 가정 형편이 어려운 학생들을 위해 실질적인 도움을 줬으면 해요."

이진희 씨는 현재 전북대 미대에 재학 중이다. 2001년 인문학부에 입학한 그는 미대에 대한 미련을 접지 못해 두 달 뒤 중도하차했다. 그렇다고 재수를 할 수 있는 형편도 아니었다. 이제부터 모든 일은 네가 알아서 하라는 부모의 한마디에 그는 아르바이트(이하 알바)를 하며 틈틈이 돈을 모았다.

"꿈을 접을 수가 없었어요. 2년 뒤 미대에 다시 입학했는데 그때 입학금은 부모님이 내 주셨어요. 그 후로는 제가 다 알아서 했고요."

그 사이 등록금도 많이 올랐다. 100만 원을 조금 웃돌던 등록금은 7년이 지난 지금 240만 원으로 껑충 뛰었다. 등록금이 싸다는 이유로 국립대를 선택한 그였건만, 학기 초가 되면 신경이 잔뜩 곤두서곤 했다. 알바를 해서 학교를 다니는 처지라 학점 못지않게 돈에 민감할 수밖에 없었던 것이다. 젊음을 만끽해야 할 대

학 생활을 바위에 짓눌린 듯 보낸 것도 그 때문이었다. 쫓기는 사람처럼 한순간도 마음을 놓을 수 없었다.

미대에 대한 이상도 나날이 실망감으로 변해 갔다. 다른 과에 비해 자유롭고 창조적일 거라고 생각했던 미대는 시간이 흐를수록 보수적인 색채를 드러냈다. 다양한 색깔을 꿈꾸던 그로서는 여간 실망스러운 게 아니었다. 1학년 2학기로 접어들면서부터는 학우들과의 사이에도 빨간불이 켜졌다. 일부러 그런 건 아니었지만 몸과 마음이 따로 놀았다. 수업을 마치기 바쁘게 알바 현장으로 달려가는 터라 친구들과 마주할 시간이 없었고, 현실이 그렇다 보니 교우 관계가 소원해질 수밖에 없었던 것이다. 더구나 그는 알바가 끝나면 학교 작업실에서 밤샘을 하기 일쑤였다. 바로 그럴 때, 자신이 조금 비참하게 여겨지기도 하고 부모님이 원망스럽기도 했다. 그도 그럴 것이 미대에는 알바를 하는 학생이 그리 많지 않다. 열에 아홉은 부모님의 집에서 학교로, 학교에서 집으로 발길이 이어진다. 그런 친구들이 부럽지 않느냐고 묻자 그는 "2학년 때까지는 잘 몰랐는데 졸업을 앞둔 지금은 엄청 부럽다"며 시간에 쫓기는 자신의 근황을 들려주었다.

"이번 학기는 온통 과제물뿐이에요. 조별 발표가 네 개나 있고,

밀린 리포트만도 자그마치 여섯 개나 돼요. 미리미리 준비하면 될 텐데, 늘 이렇죠. 알바 때문에 '벼락치기 공부'를 할 수밖에 없어요."

공부하는 시간보다 일하는 시간이 더 많은 그인지라 괜한 변명으로 들리지는 않았다. 그의 말마따나 강의 시간을 조정할 수 없는 2학년까지는 죽을 맛이었다. 오전에 강의가 있는 날은 아예 드러눕는 것이 편했다. 학교를 그만두고 싶다는 생각을 한 것도 그 무렵이었다. 여기서 펑! 저기서 펑! 학점이 엉망이다 보니 공부도 알바도 다 싫었다. 목을 조르듯 다가오는 건 '나는 누구인가?' '나는 무엇을 하는 사람인가?' 하는 물음이었다. 몇 날 며칠이 지나도록 풀리지 않는 이 화두를 붙들고 있으려니 되레 자신의 정체성이 혼란스럽기까지 했다. 더럭 겁이 나는 건 그 고비를 무사히 넘기지 못하고 영영 학교를 떠나 버린 학우들의 잔영이었다. 진희 씨도 통과의례인 그 바람을 미처 피하지 못했다.

"막막했어요. 이것도 저것도 아닌, 지금 내가 어디에 서 있는지, 도대체 무엇을 하고 있는지……. 전혀 다른 세계에 와 있는 사람처럼 모든 게 혼란스러웠어요."

어렵게 3학년을 마친 그는 결국 휴학계를 던졌다. 2차까지 주

어진 등록금 마감일을 놓친 탓이었다. 더는 전주에 머물고 싶지
않았다.

"대학에 다니는 동안 그때처럼 비참한 적도 없었어요. 2차 등
록금 마감일을 넘기고 나니까 학교에서 버림받고 세상에서마저
버림받은 기분이었어요."

서울이라고 해서 별다른 건 없었다. 더러 지방의 대학생들이
서울을 선호하는 건 지방에 비해 시간당 급여가 조금 낫기 때문
인데, 그런 반면 서울에서는 몇 푼 안 되는 급여마저 떼이는 일이
허다했다. 상경한 지 반년쯤 지나 진희 씨도 몹쓸 경험을 하고 말
았다.

"서울에는 피라미드식 업체가 많은데 그게 함정이었어요. 월급
날을 며칠 앞두고 출근했는데, 글쎄 사무실이 사라지고 없는 거
예요. 기운을 차려 노동 사무소를 찾아갔지만 소용없는 일이었어
요. 근로 계약서가 없어 아무런 구제를 받을 수가 없었거든요."

오후 4시경 찻집에서 만나 이런저런 이야기를 나누다 보니 어
느덧 6시가 넘어서고 있었다. 6시 30분부터 일을 시작한다는 진
희 씨의 알바 현장으로 자리를 옮겼다.

진희 씨가 하루 6시간을 일한다는 레스토랑은 꽤 고급스러워

보였다. 가운으로 갈아입은 진희 씨도 조금 전의 모습이 아니었다. 차갑고 낯설게 느껴졌다. 더욱 씁쓸했던 건 그곳의 메뉴판을 펼쳤을 때였다. 진희 씨와 한 끼 식사를 하려면 그의 6시간 수당과 맞바꿔야 했다. 그는 현재 시간당 4천 원을 받고 있다.

진희 씨를 다시 만난 건 자정 무렵이었다. 일을 마치고 나오는 그를 향해 "어제 보고 오늘 또 보네요?"라고 말을 건네자 그는 뒤늦게야 그 말뜻을 알아차리고는 손목시계를 보았다. 시간은 벌써 자정을 지나 새벽으로 치닫고 있었다.

노안이 찾아든 것처럼 흐릿한 미래

인근 막걸리집으로 들어간 우리는 그제야 편안한 자세로 술잔을 건네며, 어제 오후에 하다 만 이야기를 다시 이어 갔다. 내가 먼저 〈나인 투 파이브〉라는 영화 이야기를 꺼내자 그는 튜브 바람 빠지는 듯한 웃음을 지었다.

"저는 밤 12시를 기준으로 제 일과표를 짜요. 알바를 마치고 집에 들어가면 새벽 1시가 되는데, 씻고 과제물 마치고 나면 새벽 4시쯤 돼요."

시들해진 목소리로 막걸리 잔을 기울이던 그는 자는 게 아니라

잠깐 눈을 붙이는 정도라고 했다.

4시간은 학교에서 수업 듣고 6시간을 일터에서 보내는 진희 씨가 알바로 버는 한 달 급여는 70여만 원. 월급이 들어오면 그는 제일 먼저 통장에 40만 원을 입금한다. 등록금 마감일을 넘겨 학교에서 쫓겨난 그날의 악몽을 다시는 되풀이하고 싶지 않아서다. 남은 돈은 책값, 휴대전화 요금, 교통비로 들어간다. 그런데 최근 들어 그는 머리에 쥐가 날 정도로 이리 재고 저리 재는 버릇이 생겼다. 4학년이 되면서부터 돈 들어갈 곳이 많아져 30만 원으로 한 달을 버티기가 어려워졌기 때문이다. 특히나 요즘 그는 휴일을 틈타 서울에 자주 가는 편이다. 전주는 서울과 다르게 전시회가 가뭄에 콩 나듯 열린다. 이 점은 지방의 미대생들이면 다 겪는 어려움으로, 문제는 전주에서 서울을 오르내리는 교통비. 하나에서부터 열까지 자신이 벌어서 길을 모색해야 하는 그로서는 서울에 한 번 다녀오면 한 달 생활이 휘청거릴 수밖에 없다. 더 큰 걱정은 노안이 찾아든 것처럼 미래가 흐릿하다는 것이다.

"학자금 대출을 받지 않고 여기까지 잘 달려왔는데 요즘은 더럭 겁이 나요. 이 나이(29세)에 이력서를 내면 과연 받아 줄 곳이 있을까요? 모든 게 불리한 조건에다 가뜩이나 취업하기 어려운 때잖아요."

오직 학업을 위해 일곱 해째 알바를 하고 있다는 그는, 언제부터가 날이 흐리면 손목이 시리고 허리가 아프다며 한숨을 내쉬었다. 그런 그가 의미심장한 한마디를 남겼다.

"알바를 하면서 잃은 것도 많지만 배운 것도 많아요. 순수해지고 싶은데 우리 사회는 그것마저 용납하지 않으려고 해요. 적당히 둘러댈 거짓말부터 가르친다고 할까요. 사람의 진심을 잘 모르겠어요. 인간적인 관계보다 이해관계를 먼저 배운 것도 알바 때문이라고 할 수 있어요. 대충, 손해 보지 않는 선에서, 우리 사회가 그렇게 굴러가고 있는 것 같아요."

등록금은 껑충껑충 뛰는데

잠에서 깨니 비가 내리고 있었다. 이진실 씨(전주대)를 만난 건 다음 날 늦은 시각이었다. 전주의 대학들이 시험 기간 중이어서 약속 시간을 정하는 일이 무척이나 조심스러웠다.

현재 국문과에 다니고 있는 진실 씨는 대학을 진학할 때 사범대를 지원했으나 마음처럼 잘 되지 않았다고 한다. 사범대학 지원자에 한해 국문과 추가 모집에 응시할 수 있다는 우편물을 받은 그는, 신입생에게 100만 원의 혜택이 주어진다는 소리를 듣고는 재수를 포기해 버렸다. 사립대를 지원했다는 이유로 아버지는 "네가 할 만큼은 해야 한다"며 서둘러 못을 박았다.

"처음엔 과외와 옷가게 알바를 같이 했어요. 그런데 욕심이 과했던지 만날 허둥대기 일쑤였지요. 과외 알바는 2학년까지 하고 그만뒀어요. 공부하랴 일하랴 혼자 몸으로는 도저히 감당할 수 없었거든요."

진실 씨가 과외를 그만두게 된 또 다른 이유는 국립대생이나 서울에서 전주로 원정 과외를 오는 학생들과의 차이 때문이었다. 부모들 입장에서야 당연한 거겠지만 대학의 이름에 따라 과외비는 춤을 췄다. 특히 방학이 되면 서울에서 대학을 다니는 학생들이 많이 내려와 과외를 했는데, 그들은 일주일에 4시간을 뛰고 한 명당 50만 원을 받는 반면 진실 씨는 한 명당 10만 원씩을 받아야 했다. 더 큰 문제는 그나마도 과외 자리를 구하기가 쉽지 않았다는 것.

과외 알바를 그만둔 그는 옷가게 알바도 요일을 변경했다. 남들 쉬는 주말에만 일하는 그는 오전 10시에 출근해서 밤 10시에 퇴근한다. 현재 진실 씨의 시급은 3,500원으로, 한 달 꼬박 일을

하면 30만 원가량을 번다. 이 돈으로 근근이 한 달을 버티는 그는 방학을 이용해 본격적으로 등록금 벌이에 나선다.

"학자금 대출을 두 번 받았는데 다음 학기 때 한 번 더 받아야 할 것 같아요. 이젠 임용고시 준비를 해야 하거든요."

자신이 번 돈으로 매달 3만 원씩 학자금 대출 이자를 갚고 있다는 그는 졸업을 해도 걱정이라고 했다. 그동안 받은 학자금 대출이 고스란히 빚으로 남아 있기 때문이다. 하지만 그는 휴학을 하지 않고 여기까지 달려온 데 대해 감사할 뿐이란다. 휴학은 그만큼 지뢰와도 같은 위험 요소를 안고 있기 때문이다.

"알바생 셋 중 하나는 휴학을 하는데 학교로 다시 돌아오는 경우가 극히 드물어요. 그런 점에서 보면 저는 행운아라고 할 수 있어요. 어떻게든 살아남았잖아요."

어제 만난 진희 씨가 그랬던 것처럼, 진실 씨와 그의 친구들 역시 흡사 무슨 전쟁을 치르고 있는 듯한 느낌이었다. 알바와 학교 사이에, 살아남은 자와 어느 날 갑자기 사라진 자로 갈렸던 것이다. 진실 씨가 다시 입을 열었다.

"그래 봤자 소용없다는 걸 잘 알면서도 요즘은 툭하면 부모님께 투정을 부리게 돼요. 여유가 있는 친구들은 취업이나 임용고시를 준비한다며 고시원으로 독서실로 들어가 공부에만 집중하는데…. 친구들이 한 가지 생각만 하며 달릴 때 두 가지를 염두에 둔다는 게 너무 벅차요. 모든 게 불리한 조건이잖아요."

임용고시를 준비하느라 바쁜 그는 알바 초기에 위장병을 얻기도 했다. 불규칙한 식사 시간이 주범이었다. 하지만 그로서는 몸 관리보다도 병원비와 약값을 먼저 걱정해야 했다. 그러고 보면 알바생을 고용하는 고용주의 입장이라는 것이 참 편리하다는 생각이 들었다. 고용주 측에서 보면 알바생은 어느 것 하나 걸릴 것 없는 간편한 노동 인력인 것이다. 정식 직원보다 싼값에 부릴 수 있고 언제든 마음에 들지 않으면 내칠 수 있는 존재. 알바생이 시험 기간이든 몸이 아프든 그건 당사자의 몫일 따름이다. 물론 더러는 인간적인 고용주도 있긴 하지만, 알바생들에게 가장 중요한 시급 문제는 대부분의 경우 여전히 해결되지 않고 있다. 전주 지역을 기준으로 파트타임 시급은 2,500원에서 아주 많을 경우 4,000원 정도에 이른다고 한다. 2008년 시간당 최저 임금 3,770원에 비하면 여전히 열악한 수준이다.(2009년 최저 임금은 4,000원) 이에 대해 진실 씨도 호소하듯 말문을 열었다.

"등록금은 껑충껑충 뛰는데 어떻게 된 일인지 알바 시급은 제

자리를 맴돌고 있어요. 일하는 환경도 열악하기 짝이 없고요. 국가가 정한 최저 임금도 넉넉한 것은 아니지만, 적어도 이 정도는 꼭 지켜져야 하지 않을까 싶어요. 관계 기관에서도 최저 임금이 잘 지켜지는지 좀 더 철저히 감독해 줬으면 좋겠고요."

다음 주면 교생 실습을 나간다는 진실 씨는 무사히 학교를 졸업해 아이들 앞에 당당히 서는 교사가 되고 싶다 했다. 그러나 그 길이 쉽지만은 않다며 고개를 떨구는 그의 얼굴에서 이 나라 청년들의 어두운 얼굴이 한꺼번에 겹쳐 보이는 듯했다.

사진_ 허태주

晝耕夜讀, 苦盡甘來. 참 좋은 말이다. 그런데 이 사자성어, 지금은 별로 쓸모가 없다. 남들 공부할 때 공부하고, 남들 졸업할 때 졸업해야 한다. 안 그랬다간 취직하기가 더 어려워진다. 나이가 많다는 이유로, 별다른 사유 없이 휴학을 했다는 이유로 면접에서 색안경을 끼고 보기 때문이다. 이게 한국의 변화다. 청춘과 낭만의 대학이 사라진 지 이미 오래다.

고등학생 10명 중 8명이 대학에 진학하는 대한민국. 과연 한국은 좋은 나라일까? 섣불리 '그렇다'고 대답을 하기가 어렵다. 실업자 100만의 시대! 여전히 청소년들은 입시에 목을 매고 있고, 팔팔한 청년들은 일자리 찾기에 정신이 없고, 대통령은 대통령대로 지금이 바로 구조조정을 할 적기라며 시위를 하고…… 정말이지 알다가도 모르겠다, 이 나라의 미래를. 세계적인 경제 강국이 되었다는데도 정작 나라 안에선 허덕이는 백성이 날로 늘고 있는 것이다.

얼마 전 진실 씨와 전화 통화를 했는데 도서관에서 공부를 하고 있다며 이런저런 이야기를 늘어놓았다. 전화를 끊은 뒤 나는 한참을 멍하니 앉아 있었다. 그동안 마음에 걸렸던 청년들의 소식에 그저 마음이 착잡해질 뿐이었다.

2010년 법정 최저 임금이 4,110원으로 결정되었다. 그런데 그 결정 과정에서 경영계가 삭감(2008년 수준인 3,770원)을 제시해 화제가 된 바 있다. 명분은 경제 위기. 세계 경제 규모 순위 14위인 나라가 경제 위기 극복을 위해, 한 달을 꼬박 일해야 100만 원도 벌기 어려운 이들의 시급 230원을 깎자고 나선 것이다. 해외 토픽감이라는 비난이 따른 것은 당연지사. 경영계가 내놓은 또 다른 이유는 최저 임금 상승률이 연평균 10.1퍼센트로 지나치게 높다는 점이었는데, 실제 수치를 따져 보면 자장면 한 그릇 값도 안 되던 금액(2000년 1,865원)이 '10년간 가파르게 올라' 자장면 한 그릇 값(2009년 4,000원)이 됐을 뿐이다. 참고로 같은 기간 국회의원의 세비는 332만 원이 올랐다. 사용자들의 연봉 인상액은 따져 볼 필요도 없을 터.

최근 대학 등록금 문제의 대안으로 정부에서 제시한 '취업 후 등록금 상환제'에 대해서도 짚고 넘어가지 않을 수 없다. 1,592만 원 소득자에 대한 강제 상환, 20퍼센트의 고상환율, 연 5.5~6.0퍼센트의 고이율, 저소득층 무상 장학금 삭감 등의 항목에 대해 이전 제도보다 후퇴한 내용이라는 비판의 목소리가 크다. 이렇듯 결국 '생색내기' 혹은 '친서민 정책 포장'에 그치고만 상환제에 대해, 정부는 '재정 부담 탓'이라고 해명했다고 한다.

중요한 것은 학자금 상환제가 아니라 대학 등록금 상한제 도입이라고 많은 이들이 입을 모은다. 실제로 반값 등록금은 현 정부의 핵심 공약이기도 했다.

비료와 농약 값은 배로 올랐는데

전주에서 차를 갈아타고 전북 진안군 성수면 오암리로 들어서자 곳곳에 고추 말리는 작업이 한창이었다. '태양초'라는 단어가 입에 자주 오르내린 건 곡물 건조기가 들어오고부터였던가. 그러나 신통방통하던 그 기계도 요즘은 기름값 폭등으로 시들할 뿐이라고 했다.

"건조기에 한 번 넣으면 삯이 10만 원이야. 날씨가 변덕을 부리면 어쩔 수 없지만 큰맘 먹지 않고는 건조기에 고추 못 넣어. 남는 게 있어야지."

내친김에 800평 밭에서 수확한 고추를 다듬고 있는 백봉인 씨 곁에 쪼그리고 앉았다. 어디서 왔느냐고 물어 국가인권위원회 얘기를 꺼내자 그제야 잠시 일손을 놓고 고개를 들었다.

"도시에서 칠순이면 진즉에 퇴직했을 나이지만 농촌은 달라. 힘에 부쳐 죽을 지경이어도 일을 붙들어야 해. 일손이 있어야 말이지."

그러면서 백씨는, 몇 해 전만 해도 200평 농사에 100만 원 수입을 올렸지만 최근 들어서는 하늘마저 도와주지 않는다며 제 살 꼬집듯 변덕맞은 날씨와 농정을 꼬집었다.

"외국에서 들어오는 농산물이 어디 한두 가지여야지. 세상 물정 모르는 아녀자라도 높은 사람들이 하는 말 듣고 있으면 속에서 천불이 난다니께. 어째서 하나같이 농사꾼 마음을 그렇게도 모른댜?"

칠공년 때가 좋았던 것 같아

가슴에 맺힌 응어리들이 많은 것일까. 붉고 매운 고추를 다듬던 백봉인 씨의 입에서 불쑥 칠공년(1970년대)과 농촌진흥청 얘기가 튀어나왔다. 뼈 빠지게 가난했던 그 시절이 못내 그리운 모양이었다.

"농촌은 내가 시집왔을 때하고 칠공년 때가 가장 좋았던 것 같아. 그때 쌀 한 가마가 9천 원씩 했는데 농촌진흥청이 큰일 했지. 사흘이 멀다 하고 농촌진흥청 직원이 나와서는 나 같은 농사꾼들 삯을 쳐 줬거든."

하지만 지금은 찾아오는 사람은커녕 아예 관심조차 가져 주지 않는다고 했다. 니들 알아서 하라며 버린 지 오래라는 것.

비닐하우스만 해도 그랬다. 나라에서는 하우스 농사를 권장했지만, 칠순을 바라보는 그의 말마따나 비닐하우스 좋은 걸 몰라서 하지 않는 농민은 없었다. 농민이라면 누구나 김매는 일에 시달리지 않고 겨울철에도 농사지을 수 있는 하우스 재배를 꿈꿨다. 문제는 돈이었다. 텐트를 치듯 엉성하게나마 비닐하우스 한 동을 세우려면 최하 400만 원. 그러나 농민들에게는 그럴 만한 여유가 없었다. 당장 목구멍에 풀칠하기에도 벅찼다.

제초를 하러 갔다는 그의 남편 김은옥 씨가 때 맞춰 돌아왔다. 자리에 앉기 바쁘게 그는 벼 수매가 얘기를 꺼냈다.

"벌써 몇 해쨌나. 가마당(40킬로그램) 6만 원 하던 나락이 4만 8천 원으로 떨어졌지. 그런데 이놈의 것이 당최 오를 기미를 보

이지 않는 거야. 비료랑 농약 값은 배로 올랐는데 말이야. 이런 마당에 농민들이 무슨 희망을 갖겠는가."

여러 차례 언론에서도 보도했듯이 하늘 높은 줄 모르고 치솟은 건 비단 농약이나 비료 값만이 아니었다. 기름값이 오르면서 농기계 사용료도 껑충 뛰었다. 흔히 하는 말로 한 해 농사 뼈 빠지게 지어 반타작만 해도 죽는소리 않겠는데 한번 떨어진 쌀값은 좀처럼 다시 오를 줄을 몰랐다. 외국 농산물 수입 개방에 이어 농촌은 퇴락을 거듭할 수밖에 없었다. 장단을 북돋아 주던 장구는 비에 젖어 있고 농민들의 손에 쥐여진 건 달랑 채뿐이었다.

"벼농사 8천 평은 지어야 80석이 나오고, 그래야 자식 하나 포 도시 대학 공부 마칠 수 있다고들 했는디, 우리나라에 그만한 전답을 가진 사람은 많지도 않거니와 요즘은 벼농사만으로는 먹고 살기가 영 쉽지 않어. 나도 4천 평 논에 농사를 짓고 있지만, 요즘 내가 뼈저리게 느끼는 건 농촌도 돈이 없으면 나자빠지고 만다는 거여. 전답만 믿고 있다가는 빚더미에 앉아 하늘 원망하기 십상이지."

농촌의 답답한 현실은 그것만이 아니었다. 점심을 차리는 동안 마을을 한 바퀴 둘러보는데 사람 사는 집보다 빈집이 더 많았다.

전기 고장으로 꼬박 사흘을 어둠 속에서 보내던 한 노인의 집에 우체부가 와서야 해결되었다는 어느 지역 신문의 기사가 별스러운 이야기만은 아니구나 싶기도 했다. 2008년 8월 20일 통계청 발표에 따르면 급격한 도시화와 고령화 등으로 우리나라의 농가 인구는 1980년(1,083만 명) 이후 3분의 1 수준(343만 명)으로 감소하고 있다 한다. 그뿐만 아니라 2015년으로 접어들면 농가 인구가 260만 명으로 줄 것이라고 전망했다. 더욱 절망적인 것은 국내총생산GDP에서 농림어업이 차지하는 비중은 3.3퍼센트에 불과하고, 전체 농가에서 영세 소농이 차지하는 비중은 더욱 커지고 있는 것으로 분석됐다는 점이다.

급이 맞아야 싸움을 하지

고령 연금 6만 8천 원이 한 달 생계를 유지하는 데 큰 힘이 된다는 김은옥 씨와 점심을 나눈 뒤 좌포리 증자 마을로 향했다. 마을에서 가장 많은 전답과 각종 농기계를 갖고 있다는 최광근 씨는 우환 중이었다.

"지난해 아내가 암으로 세상을 뜨고, 엎친 데 덮친 격으로 올봄에는 나까지 위암 수술을 받았지 뭔가."

그나마 다행인 것은 농사지어 자식 넷을 대학까지 가르쳤다는 것이다. 물론 자린고비 아내 덕이었다. 최광근 씨가 아내를 만난 건 1965년으로, 그때 마침 나라에는 황무지 개간 바람이 불고 있었다. '노력만 하면 그 대가가 반드시 주어진다'는 포스터 문구를 믿고 그도 황무지 개간에 뛰어들었다. 황무지를 개간하면 본인의 소유지가 된다니, 소작농들에게는 절호의 기회가 아닐 수 없었다.

"5·16 때인데, 꼬박 다섯 해를 토지 늘리는 일에 땀을 흘렸더니 600평으로 시작한 농사가 어느덧 중농이 되었더군. 하늘을 날 것 같았지. 당시 친구들은 농고를 나와 공무원으로 자리를 잡았는데, 부럽다는 생각은 들지 않았어. 소작농이나 다름없는 농사꾼한테 자기 땅이 늘어나는 것만큼 큰 보람도 없었으니까."

하루 세 끼를 다 채우는 일이 가뭄에 콩 나듯 했던 그 시절, 그야말로 그는 이를 악물었다. 야산을 개간해 담배 농사를 지었고, 수매를 마치면 밤고양이처럼 야금야금 토지를 늘려 갔다. 불어난 전답들이 땀을 요구하면 기꺼이 바칠 각오가 되어 있었다. 그러나 그렇게 피땀 흘려 만들어 낸 호시절도 생각만큼 오래가지는 못했다. 1980년대 중반 무렵, 농촌의 환경은 급속도로 달라져 버린 것이다. 생소하기 짝이 없는 '우루과이라운드UR', '가트 GATT', '더블유티오WTO' 등 의미도 종잡을 수 없는 이야기들이 마구잡이로 쏟아져 나왔다. 최광근 씨의 말을 빌리자면 그것은 평화롭던 들판에 쏟아지는 장대비였다. 아니, 언제 끝날지 모를 길고 긴 장마였다.

"겨우 자급자족하는 이 조그만 땅에서 무슨 수로 저 큰 나라들과 경쟁을 한단 말인가. 한번 생각해 보게. 평균 나이 육십에다 우물 파듯 땅만 파고 살아온 무지렁이들한테 세상 바뀌었다고 경쟁하라면 그거야말로 천벌 받을 소리 아닌가? 급이 맞아야 싸움을 하지."

그런 와중에도 반가운 시절은 있었다. 농기계를 반값으로 구입할 수 있었던 문민 정부 때였다. 허나 농민을 위한 혜택도 그에 그쳤을 뿐, 농가 부채를 탕감해 주겠다고 공약한 국민의 정부는 끝내 약속을 지키지 않았고, 마침내 참여 정부는 농민들을 빚더미에 올려놓았다. 농업에 대한 아무런 대책 없이 경쟁력 강화를 부르짖는 현 정부에 대해서는 더 말할 것도 없고.

"정부에 큰 기대를 하지도 않지만 지금이 바로 제일 어려운 때인 것 같아. 경쟁력을 키우라느니 어쩌니 하는데, 농촌 실상을 알

고서도 그런 소리를 하는가 모르겠어. 지금 농촌은 경쟁력이 문
제가 아니라, 한두 푼이 아쉬운 그야말로 나락까지 떨어진 신세
란 말일세. 농작물값 빼고는 전부가 다 올라 버린 세상에서 뼈 빠
지게 농사지어 봤자 식구들하고 겨우 세 끼 밥밖에 더 먹겠나. 두
해 전만 해도 월 15만 원 들어가던 심야 전기료가 배로 뛰어 버렸
고, 각종 세금, 농약에 비료 값, 그리고 기계 수리까지 하고 나면

남는 게 없어."

그의 말에 따르면 농민들에게는 텔레비전 수신료도 짐이라고 했다. 인구가 집중된 도시는 수신 상태가 양호해 유선망으로도 시청이 가능하지만, 산 좋고 물 좋은 산골로 들어갈수록 월 2만 원 가까이 내야 하는 위성 방송을 설치하지 않고는 일기 예보조차 볼 수가 없다는 것. 아닌 게 아니라 마을 곳곳에는 스카이라이프를 신청하라는 광고 현수막이 펄럭이고 있었다.

올해 수확기 쌀값이 80킬로그램 가마당 지난해(15만 251원)보다 0.7~3.3퍼센트 낮은 14만 5,304원~14만 9,186원이 될 것이라는 한국농촌경제연구원의 발표를 뒤로하고 전주를 출발한 버스는 대구를 거쳐 영천에 도착했다.

경북 영천시 금호읍 덕성리에 사는 최상은 씨는 서울에서 직장 생활을 한 적이 있다. 그것도 대기업에서 근무를 했다. 그런 그가 농사에 손을 댄 건 1992년 대구에서 파견 근무를 할 때였다. 파견이 끝난 후 서울로 다시 복귀하라는 통보를 받았지만 그는 서울을 포기하고 부모님이 있는 영천으로 내려갔다. 물론 아내의 반대가 만만치 않았다.

"아내한테는 미안한 일이었지만 십 년 가까이 직장 생활을 하면서 몸도 마음도 정말 편치 않았어요. 서울에 사는 내내, 내가 생각하지 못한 전혀 다른 곳에 살고 있는 느낌이었다면 설명이 될까요."

그렇다고 다시 찾은 고향이 그를 마냥 미쁘게 반긴 것만은 아니다. 이미 농촌은 수입 농산물 여파로 한바탕 전쟁을 치르고 있었다. 그로서는 앞만 보고 달려온 아버지의 농법을 수정하지 않을 수 없었다. 3천 평 복숭아 농사만으로는 답이 나오지 않았던 것이다. 가을과 겨울에도 땅을 놀리지 않는 하우스 농사가 절실했다. 부모님은 복숭아 농사를 지어 자식 셋을 모두 결혼시켰지만 자신은 이제부터 두 아들을 가르쳐야 할 처지였다.

최상은 씨의 복숭아밭에 도착하자 8월을 사흘 남겨 둔 해가 도마뱀 꼬리를 하고 있었다. 올해는 일기가 고른 덕에 알도 굵고 때깔도 좋다며 그가 털복숭아를 따서 내밀었다. 농약의 양을 최대한 줄인 저농약 농사를 짓기 때문에 그냥 먹어도 큰 탈은 없을 거라고 했다. 그러고 보니 더위가 누그러진다는 처서가 지난 지도 일주일째, 어느덧 복숭아는 끝물로 접어들고 있었다. 그의 말에 따르면 추석 전에 한 번 더 따서 출하하면 올 농사도 마침표를 찍을 것이라고 했다.

같은 농민회 회원인 이중기 씨와 함께 인근 식당으로 자리를 옮겼다. 삼겹살을 구워 몇 순배쯤 돌았을까. 대학 1학년과 고3 아들을 둔 아버지답게 최상은 씨는 제법 불콰해진 낯빛으로 대학 등록금 얘기를 꺼냈다.

"큰아들이 서울에서 대학을 다니는데 모레까지 납부금을 넣으라는 고지서가 왔네요. 마침 복숭아를 판 돈이 있으니 이번은 무사히 넘어가겠지만 다음이 걱정이에요. 입학할 때 벌써 학자금 대출을 500만 원이나 받았거든요."

드러내 놓고 말은 못했지만 큰아들한테는 미안한 일이 한두 가지가 아니다. 특히 고3 때 아들이 수학이 달린다며 학원을 좀 보내 달라고 했지만 그는 못 들은 척했다. 잠을 못 자고 뒤척이며 계산기를 두들겨 봤지만 머릿속만 어지러울 뿐이었다. 그보다는 반년 뒤에 들어갈 입학금이 더 큰 걱정이었기 때문이다.

"앞으로 어떻게 될지는 장담할 수 없지만 제가 작심한 게 하나 있습니다. 졸업하는 아들 등에 적어도 학자금 대출 빚은 얹어 놓지 말아야 한다는 거예요. 그거야말로 부모로서 못할 짓인 것 같아서 말이죠."

과일 농사는 5퍼센트 선에서 천당과 지옥

복숭아 농사만 짓다 임차로 하우스 농사를 시작한 것도 실은 그 때문이었다. 복숭아밭에서 한 해 벌어들이는 수입은 2천 5백만 원. 여기에서 농약, 비료, 박스 값에 인건비를 제하고 나면 3분의 2 정도가 남는데, 그는 부모님까지 모시고 사는 형편이니 계산은 빤하다. 복숭아밭에서 얻는 수입으로는 두 아들을 가르칠 수가 없다. 문제는 그것만이 아니다. 과일 가격이라는 것이 수확량에 따라 널뛰듯 하기 때문에 농사꾼으로서는 해마다 살얼음판을 걸어야 한다.

"과일 농사는 5퍼센트 선에서 천당과 지옥을 오가지요. 우리나라 한 해 총 수확량에서 5퍼센트가 적으면 가격이 괜찮고, 5퍼센트가 많으면 하루아침에 폭락하거든요."

기후도 절대적인 변수다. 들판에서 나고 자라는 모든 농작물이 그렇겠지만 특히 과일 농사는 기상청마저 손을 놓아 버린 기후가 수확기를 판가름한다. 그해에 비가 잦거나 태풍 영향이라도 받게 되면 수확량에 차질이 생기는 것은 물론이고, 어찌어찌 수확을 한다 해도 당도가 떨어져 제대로 된 판매를 할 수가 없다. 실제로 그는 2003년 태풍 매미 때문에 커다란 어려움을 겪기도 했다. 경상도 일대를 휩쓴 매미로 인해 제방이 터져 버렸고, 다음 날 아침 찾은 복숭아밭은 쑥밭이 되어 있었다. 며칠 뒤, 대민 지원을 받아 복구를 서둘렀지만 그 상처는 참으로 오래갔다. 복숭아나무를 새로 심어 제대로 된 수확을 하기까지는 적어도 다섯 해를 기다려야 했기 때문이다.

하우스 농사 쪽은 이런 점에서는 유리하지만, 그에 반해 인건

비가 만만치 않다는 점이 문제다. 복숭아 농사를 마치고 나면 허리 펼 짬도 없이 토마토와 오이 농사에 매달려야 하는데, 10월과 11월에 출하를 하려면 지금부터 인부 둘을 하우스에 붙들어 둬야 한다. 그렇게 해서 나가는 인건비만도 500여만 원. 그나마 최상은 씨는 다른 과일 농사꾼들에 비하면 자신은 나은 편에 속한다고 했다. 복숭아 농사와 하우스를 동시에 하고 있는 덕분이었다. 함께 자리를 한 이중기 씨가 농산물 유통 구조에 대해 한마디 거들었다.

"(유통 구조가) 많이 좋아졌다고는 하지만 소비자 입장에서 보면 복숭아는 무척 비싼 편이에요. 이게 다 유통 구조 때문인데, 산지에서 나가는 과일을 소비자가 먹을 때는 가격이 적어도 배가 된다는 거 아실 거예요."

누누이 귀에 못이 박히도록 들어온 이야기다. 기는 놈 위에 나는 놈 있듯이 농사꾼 위에는 늘 장사꾼이 있다는 것. 복잡한 유통 구조로 인해 정작 생산자와 소비자는 피해만을 입고 있는데도 정부의 대책은 미흡하다는 것. 정부에서 이런 유통 구조를 해결할 의지를 조금이라도 가지고 있는 건지 모르겠다며 이중기 씨가 길게 한숨을 뱉어 냈다.

다음 날 아침, 최상은 씨의 임대 하우스를 찾아갔다. 철길 옆 하우스에는 복숭아 농사를 짓느라 바빠 거들떠보지 못한 오이밭이 손길을 기다리고 있었다. 그의 말에 따르면 영천 일대에는 이 같은 임대 밭이 널려 있다고 했다. 도시의 투기꾼들이 사 놓은 땅이었다.

"전에는 부지런히 농사지어 토지 늘리는 재미로 일했지만 지금은 포기 상태예요. 땅값이 한두 푼 올랐어야지. 도시의 땅 투기꾼들이 몰려들면서 땅값이 천정부지로 올라 버렸는데, 이런 거 하나만 봐도 빤하잖아요. 농촌은 이제 더 이상 농사짓는 곳이 아니에요. 투기꾼들의 천국이 돼 버렸지."

그래도 그는 희망을 버릴 수 없다고 했던가. 가족들과 휴가 한 번 다녀온 적 없다는 그의 꿈은 무척이나 소박했다. 농사 열심히 지어 가족들이 먹고살 수 있고, 부모님 잘 공경하고, 자식들 공부시키고, 그러면서 가끔씩 삼겹살 구워 소주잔 곁들이고, 더도 말고 덜도 말고 마누라하고 1년에 딱 한 편 영화를 볼 수 있다면 대만족이라고 했다. 농민을 지켜 줄 인권이란 바로 이런 게 아니겠냐며 문득 눈시울을 붉혔다.

"잘 알고 있습니다, 날이 갈수록 농민들이 천덕꾸러기가 돼 간다는 걸. 그래도 이것 하나만은 꼭 말씀드리고 싶어요. 우리는 너무나 절박해서, 그야말로 먹고살기 위해 상경 투쟁을 가는데 몇몇 보수 언론들은 길이 막힌다느니 농민들이 과격하다느니 하며 우리를 비난하는 기사를 쓰더군요. 하지만 우리는 땅을 사서 되파는 투기꾼도 아니고, 부당하게 돈을 버는 장사꾼도 아닙니다. 부당한 걸 부당하다고 말할 뿐 무리한 요구를 한 적은 한 번도 없어요. 그저 너무 절박하니까, 늘 메아리로 되돌아오는 걸 알면서도 국회의사당 앞으로 가서 우리의 목소리를 전하려는 겁니다."

사진_ 허태주

못다 한 이야기

2008년, 쌀 직불금 횡령 문제로 한바탕 대소동이 벌어졌다. 응당 농민에게 돌아갔어야 할 보상비가 농사와 거리가 먼 사람들에게 돌아간 것이다. 그중에는 보건복지부 차관을 비롯해 고위 공무원, 회사원, 금융계 종사자, 공기업 직원, 전문직, 언론인 등도 끼어 있었는데, 그들에게 어떤 용도로 땅을 구입하게 됐냐고 물으니 하나같이 나이 들면 농촌으로 내려가 농사를 지을 생각이었다며 말꼬리를 흐렸다고 한다. 실제로 취재를 하면서 살펴본 바에 따르면, 많은 농민들이 자신의 땅이 아닌 도시민들의 땅을 임대받아 농사를 짓고 있었다.

현 정부가 들어선 뒤 기름을 비롯해 자재와 공산품 가격이 껑충 뛰었다. 52개 생필품만큼은 기필코 잡겠다며 큰소리쳤지만 그 또한 립서비스에 그치고 말았다. 농촌도 예외는 아니어서, 농약, 비료, 사료 등 무엇 하나 오르지 않은 게 없다. 뛰어도 어지간히 뛰어야 살겠는데 두 배 세 배씩 뛰어 버리니 나자빠질 지경이다. 힘 있는 이들(대기업)에게만 신경 쓰고 그렇지 못한 것에는 관심조차 없는, 그러면서 경쟁만을 강조하는 세상. 당부컨대 농촌은 경쟁의 대열에서 좀 빼 주면 안 될까. 그야말로 급이 맞아야 싸움을 하지!

2009년 초 뉴질랜드를 방문한 대통령은 뉴질랜드의 사례를 본받아 '농업 선진화' 정책을 펴겠다고 선언했다. 농업 선진화란 개별 농민에 의한 농업보다는 농기업을 통한 대규모 농업을 적극 육성하겠다는 것인데, 이는 결국 중소농을 퇴출시키는 농업계의 정리해고 구상이라 할 수 있다. 논의되고 있는 내용대로라면 농지 규제 완화 등을 통해 비농업인, 특히 기업들이 농지를 소유할 수 있게 되고, 종국에 농민들은 대지주의 농지를 빌려 소작을 짓거나 기업농의 농장에 취직해 농업 노동자가 되어야 하는 현실이 기다리고 있다. 여기에 외국인의 투자 유치 확대까지 운운하면서 농업을 완전히 시장 논리에 맡기겠다는 것이 정부의 구상인 것.

그러나 이렇듯 이익을 최우선의 가치로 삼는 기업에게 농업을 맡기는 것은, 비단 우리 농민을 죽이는 데에 그치지 않고 온 국민의 안전한 먹을거리마저 위협하고 말 것이다. 기업에게 이익을 몰아주면서 다수 국민이 누리는 농업의 공익적 기능을 포기하겠다는 발상이 가져다줄 재앙을 상상하기란 그리 어려운 일이 아니다.

경제 발전과 경쟁력 향상만을 부르짖으며 경쟁력 없는 것은 퇴출되어야 한다고 말하는 이 시대, 그러나 우리 삶의 근본이라 할 농업에 그들은 대체 무슨 논리로 경쟁력을 갖다 붙이는 것일까. 무릇 농업이란 '산업'의 측면에서만 접근할 수 있는 것이 아님을 우리는 잊지 말아야 할 터이다.

모질고도 야박한 0.5평

　　　　　　서울역에서 내려 지하철 신도림역으로 향할 때

였다. 이틀 전 전화 통화를 한 김광은(가명) 씨의 목소리가 마음

에 걸렸다.

　"경비실에서는 보는 눈이 많아서 말이야. 그러니께 점심때나

저녁에 만나면 어떨까?"

　신도림역 2번 출구로 나오자 김씨의 말대로 마을버스 정류장

이 보이고 그 너머로 꼭대기를 가늠할 수 없는 아파트가 빽빽이

들어서 있었다. 택시가 도착한 곳은 새마을금고 건너편의 한 식

당. 그곳에서 만난 김씨가 정수기에서 빼낸 물로 목을 축이고는 이내 담배를 한 대 피워 물었다.

"20여 년 전에 해남에서 농사짓다 올라왔는디, 아들 땜에 그랬지 뭐. 아들이 꽤나 알려진 대학에 합격했거든. 그런디 뒷받침할 일이 막막했어. 운이 없으려고 그랬는지 고향 떠나오던 그해는 김 농사에 손댔다가 완전히 망조가 들어 버린 해였다네."

그렇다고 대학에 들어간 아들을 모른 척 내버려 둘 수는 없었다. 전답 농사, 김 농사는 실패했더라도 자식 농사만큼은 제대로 한번 지어 보고 싶었다. 그해 봄 김씨는 조상님께 죄짓는 심정으로 가산을 정리했다. 그러나 가진 것 탈탈 털어 그가 쥔 돈은 고작 22만 원. 다른 거라면 몰라도 김씨는 이 돈의 액수를 한 번도 잊어 본 적이 없다. 부친에게 물려받은 가산을 정리한 깊은 한숨과 탄식이 밴 돈이었기 때문이다. 그의 나이 마흔일곱 때였다.

셋방을 얻고 나면 바닥날 돈을 쥐고 찾아간 곳은 부평에 살고 있던 큰처남 댁. 하지만 거기도 변변한 살림은 못 되었다. 내외가 얹혀살기에는 눈치가 보일 수밖에 없었다. 결국 한 해를 넘기지 못한 채 서울 후암동으로 옮겨 온 김씨는 주방 기구 유통 업체에 취직했다. 그의 나이도 어느덧 쉰을 바라보고 있었다.

아들은 내 유일한 희망이었네

"나도 그렇지만 세상 아버지들 마음이 다 같지 않겠나. 자식을 위해서라면 무엇인들 못할까. 대학에 들어간 아들은 내 유일한 희망이었네."

그러나 김씨가 일하던 유통 업체는 네 해 만에 부도가 나고 말았다. 배운 것 없고 가진 것 없고 기술마저 없는 그는 더럭 겁이 났다. 별수 없이 아파트 공사 현장에 나가 날품을 팔아 하루하루를 연명해야 했는데, 하지만 그 일도 그리 오래가지는 못했다. 체격이 왜소한 터라 힘이 달렸고 코피를 쏟는 일이 잦았다. 한번 자리에 누우면 내리 사흘을 몸져누워야 할 때도 있었다. 그렇게 또 집을 지키고 있던 어느 날, 부평에 사는 장모님이 찾아와 그에게 말했다.

"쯧쯧, 성운이 대학 공부 가르치는 것도 좋지만 그러다간 김 서방 자네가 먼저 병원에 실려 가겠네. 노가다는 당장 때려치우게나. 내가 경비 자리 알아봄세."

한때 아파트 청소를 했던 장모님의 주선으로 찾아간 곳은 여의도의 G아파트. 아침 6시 30분까지 출근해서 다음 날 아침 6시 30분에 퇴근하는 경비원으로 취직한 김씨는 일주일 80시간 근무에

한 달 급여 75만 원이 결코 적다고 생각하지 않았다. 군에 간 아들이 제대한다면 또 모를까, 당시로서는 대만족이었다. 그러나 기쁨도 잠시, 한 주일이 지나고 두 주일이 지나면서 김씨는 웃음을 잃어 갔다. 경비라는 직업이 머슴 중에서도 상머슴 축에 든다는 걸 알게 되는 데는 그리 오랜 시간이 걸리지 않았던 것이다.

"장을 봐 온 사모님이 (대부분의 경비원들은 호칭하고 있었다. 남자는 사장님으로, 여자는 사모님으로.) 주차장에 세워 둔 승용차에서 짐을 운반해 달라더라고. 그것까진 참을 수 있었네. 그런데 진짜 화가 나는 건 위아래가 전혀 없다는 거야. 아들딸 같은 젊은이들이 반말까지 섞어 가면서 종 부리듯 하는데 정말이지 처음엔 참기 어려웠다네. 경비원 직업이 세상 사람들한테 홀대받는 천한 일이라는 건 알고 있었지만 그렇게까지 할 줄은 몰랐거든. 이제는 그러려니 하고 넘기지만, 요즘도 주민이 먼저 인사하는 꼴은 통 볼 수가 없다니께."

한번은 경비원에게 가장 큰 골칫거리인 주차 때문에 새파랗게 젊은 부부한테 곤욕을 치르기도 했다. 삿대질은 예사고 차마 입에 담지 못할 막말까지 듣고 말았던 것이다.

"이 나이 먹어 이런 말 한다는 게 창피하지만 젊디젊은 그 부부가 나더러 뭐라고 한 줄 아는가? 주차 단속도 하나 못하는 주제에 무슨 경비를 하느냐고 소리를 지르면서, 우리가 뭐 당신한테 그냥 월급 주는 줄 아느냐고 삿대질을 해 대는데, 내 일생에 그런 모욕은 처음 당해 봤네."

그러면서 김씨는 IMF 이후 경비원 연령이 낮아졌다가 다시 원위치로 돌아간 것도 실은 그 같은 속사정 때문이라며 한숨을 내쉬었다.

"나이 먹은 우리도 참기 힘든데 아직 쉰도 안 된 경비원들이 무슨 수로 배겨 내겠냔 말이야."

밥숟갈을 뜨다 말고 김씨가 반주로 시킨 술잔을 그러쥐었다. 고향을 떠나온 지 올해로 22년째가 된다는 예순여덟 그의 눈가에 그렁그렁 눈물이 고였다.

식당을 나온 시각은 오후 2시경. 다른 동료에게 잠시 경비실을 부탁하고 나온 거라며 김씨의 걸음이 빨라졌다. 주차 문제로 여의도 G아파트에서 잘린 뒤 옮겨 왔다는 김씨는 H아파트로 가는 길에 자신의 하루 일과를 들려주었다. 새벽 4시 30분에 일어나 씻고 밥 먹고, 5시 30분에 집을 나서는 걸로 그의 하루는 시작된다. 그렇게 출근해서는 꼬박 24시간을 아파트에서 보낸다. 경비

원 일이 어려운 또 한 가지 이유는 달력의 빨간 숫자와는 무관한 삶을 살아야 한다는 것. 일요일은 물론이고 국경일이나 연휴 등도 이들에게는 해당 사항이 없다. 연차 같은 것은 당연히 남의 나라 이야기. 이렇듯 대부분의 아파트 경비 일이 24시간 2교대로 이어지기 때문에 경비원은 절대 아파서도 안 된다. 하루라도 몸 져누웠다가는 언제 일자리를 잃게 될지 모르기 때문이다.

사람들의 눈을 걱정해 경비실에 동행하는 걸 꺼리던 그가 무슨 생각인지 마음을 바꾸었다. 너무 오래 있지 말고 딱 반 시간만 있다 가라며 나를 안으로 들이고는, 이런저런 일을 살핀 후 다시 입을 열었다.

"자네는 키가 커서 경비원은 어렵겠구먼. 경비실하고 자네 치수가 안 맞아."

경비실은 비좁았다. 다리를 펼 수 없을 정도였다. 최하가 33평인 H아파트 단지에서 반 평 남짓한 경비실은 밤낮으로 보초를 서는 경비원의 유일한 쉼터였다. 수당은 물론 보너스, 퇴직금, 떡값한 푼 없는 야박한 일터이기도 하다.

"자네가 글을 쓴다니께 생각이 났는디 여기서는 절대 신문을 봐서는 안 되네. 언제 한번 신문을 보다 들켜 아주 혼이 난 적이 있거든. 신문 보고 있다가 잡상인이라도 들어가면 큰일 아니냐는 거였지."

그때 누군가 경비실 창문을 열더니 요구르트 한 개를 넣어 주었다. 허리가 잔뜩 굽은 백발의 노인이었다.

"늙은이는 늙은이하고 통하는 데가 있나 봐. 음료수라도 한 병 넣어 주고 가는 이는 나한테 심부름 한 번 시킨 적 없는 바로 저 노인들이거든. 고맙지 뭐. 아참, 잊을 뻔했는디 이 얘기 하나만 꼭 넣어 주소."

"뭔데요?"

"고마운 사람하고 미안한 사람을 꼭 좀 써 줬으면 좋겠어. 그러니께 지하철 사장님한테 고맙다는 말을 하고 싶고 잡상인들한테는 미안하다는 말을 하고 싶어. 공짜로 타는 지하철이 나 같은 늙은이한테 얼마나 큰 힘이 되는 줄 아는가? 전철비 다 내고 다니면 생활하기 어려워. 그리고 20년 넘도록 경비를 하면서 모르긴해도 아마 가장 많은 죄를 진 사람이 있다면 잡상인들일 걸세. 그동안 내 손으로 내쫓은 사람이 몇인지 셀 수도 없지."

오늘 나를 만나 난생처음 당신의 속마음을 털어놓는다는 김씨가 쓸쓸한 미소로 배웅을 해 주었다. 그와 헤어져 다시 신도림역으로 향하는 길, 많지 않은 월급으로 내외가 한 달을 버텨야 할 김씨의 살림살이가 문득 궁금해졌다.

경비라는 직업이 천하다지만

서울에서 내려온 다음 날, 무작정 대구광역시 수성구로 향했다. 버스에서 내린 곳은 지산동에 위치한 C아파트. 중형 승용차들이 들고 나는 아파트 입구 풍경에 잠시 넋을 놓고 있다가 경비실로 들어갔다. 경비실 바닥에는 택배로 도착한 물건이 무릎 높이로 쌓여 있었다.

"택배 물건이 제법 많네요?"

"이 정도는 일도 아이다. 얼마 전 어버이날에는 택배 온 거 정리하다가 팔에 파스를 안 붙였나."

근무 일지에 방금 도착한 택배 물건 주인들의 동과 호, 이름을 정신없이 써 내려가던 정씨의 손놀림이 멈춘 건 한참이 지나서였다. 그제야 낯선 외부인을 인식한 그는 무슨 일로 자신을 찾아왔느냐며 따지듯 물었다. 하지만 숱한 외부인을 접촉해 온 이력 탓인지 정씨의 저울질은 그리 오래가지 않았다. 그는 마치 신세타령이라도 하듯 택배 이야기를 한 차례 더 늘어놓았다.

"받는 사람 입장에서 보면 택배가 반갑겠지만 이놈아 땜에 치른 일을 생각하면 머리가 다 아프다. 소포 다음으로 생겨난 이놈 아가 내한테는 아주 골칫덩어린 기라. 와 그란 줄 아나? 퇴근 시간에 찾아가면 될 것을 꼭 안방까지 갖다 달라는 주민들이 있다 아이가. 처음엔 주민들 편의를 위해서 몇 번 배달도 해 주었다만 사람 맘이라는 거이 참 묘한데. 나이 든 양반이 갖다 달라면 미운 맘이 조금은 덜한데 자식 같은 것들이 그러니까네 허파가 뒤집어진다 아이가."

택배 물건을 안방까지 배달해 달라는 주민은 대개 삼사십대의 젊은 사람들이라며, 그는 씁쓸한 웃음을 지어 보였다.

"한번은 경비원이 해야 할 일도 아니고 해서 배달을 못해 주겠다니까네 다음 날 어떤 얘기가 돌았는지 아나? 다른 아파트 경비원은 군말 없이 해 주는데 우리 아파트 경비원들만 배짱을 부린다 카던가, 내 참. 얼마 뒤에는 경비원을 바꾸자는 말까지 나왔다 아이가."

경비원 생활 13년째인 정씨의 속을 문드러지게 하는 일은 한두 가지가 아니다. 얼마 전에도 주민으로부터 이유 없이 봉변을 당해야 했다며 그는 씁쓸한 기억을 털어놓았다. 출근을 서두르던

사십대 초반의 주민이 자기 승용차의 백미러가 부러져 있음을 발견한 뒤 다짜고짜 경비실로 달려왔다는 것이다.

"죄도 없는 나 같은 사람한테 담배 꼬나물고 틱틱거리는 거 정도는 참을 만했지. 그란데 이거이 바지 주머니에 손을 찔러 넣고는 찍찍 반말을 해 대는데, 거참⋯⋯."

물론 모르는 바는 아니었다. 경비라는 직업이 사람들에게 인정받을 수 있는 그런 일이 아니라는 것쯤은. 다들 경비를 종이라도 되는 듯 취급했던 것이다. 하지만 그날 아침에는 분을 삭일 수가 없었다.

그러고 보니 경비원을 하려면 눈이 하나 더 있어야 한다던 정씨의 말이 그저 우스갯소리만은 아님을 알 수 있었다. 그의 그 말은 시간이 지날수록 바늘 끝처럼 다가왔다. 무슨 일을 하고 있건간에, 주차되어 있는 주민의 차에까지 신경을 써야 하는 것이 바로 경비원의 임무인 것이다.

장마가 길어지다 보면 밭작물이 씻겨 내려가 결국 사라져 버리고 말듯 지금 자신의 가슴을 사진으로 찍어 보여 줄 수 있다면 그와 비슷할 거라는 정씨. 그는 경비원들의 이직률이 높은 이유를 신세대와 구세대의 불협화음 때문이라고 했는데 듣고 보니 일리가 있는 이야기였다. 일반 주택에서 살다 아파트로 이사 온 노인들에게는 전에 살던 곳의 정서가 남아 있지만, 결혼과 함께 아파트에서 살기 시작한 젊은 사람들은 분명 달랐던 것이다. 정씨가 본 그들의 모습은, 아파트 문을 닫는 순간 쌩하니 이는 찬바람이었다. 그들에게 너는 너이고, 나는 나일 뿐인 것이다.

정씨가 근무하는 아파트에는 자식들에게서 용돈을 받아 살아가는 노인이 적지 않은데, 그 노인들을 볼 때면 정씨는 여러 가지 심정이 한꺼번에 밀려든다고 했다. 나이 들어 아무 일도 할 수 없는 처지가 딱하게 느껴질 때도 있지만, 또 한편으로는 자식들 부양을 받으며 살아가는 이들이 부럽기도 하고, 그렇게 꼬리를 문 생각은 결국 그동안 아무것도 해 주지 못한 자식들에게까지 이어진다는 것이다. 노인들의 자식을 떠올리노라면 자신이 하염없이 부끄럽고, 고등학교 졸업밖에 못 시킨 남매를 생각할 때면 통곡하고 싶어진다는 그. 65년의 세월을 돌이켜 보건대 많지도 않은 남매의 대학 공부를 시키지 못한 것이 그는 두고두고 후회가 된다고 했다.

"처음에는 많이 힘들었제. 잘살아도 너무 잘사는 사람들이 모여 사는 곳이 여게 아이가. 이런 데서 나같이 천한 사람이 종처럼

일하고 있으니 이걸 숙명으로 받아들이지 않으면 무슨 수로 견디겠노. 저 사람들이 나를 인간 취급해 줄 거라고는 첨부터 꿈도 안 꿨다. 그냥 숙명이라고 생각하니까네 맘이 가라앉더라."

근무 일지 작성을 다 마친 뒤 그는 무슨 미련이 남은 사람처럼 회한의 장탄식을 내뱉었다. 한숨이 심상치 않아 이유를 물었다. 정씨의 대답인즉 바로 지난달에 그로서는 받아들이기 힘든 일이 벌어졌다고 한다. 정씨를 비롯한 아파트 경비원들은 그동안 주민 자치 형태로 근무해 왔으나 지난달부터는 경비원 전원을 용역 회사 관리로 전환해 버린 것이다. 이 소식은 그를 비롯한 경비원들에게 그야말로 마른하늘에 날벼락이 아닐 수 없었다.

"하늘이 노랗더라니. 용역으로 들어가면 정년이 예순다섯이 되는데 그라믄 내 인생도 반년밖에 더 남았나? 우리 집 할망구가 걱정이다. 우리 집 할망구 10년 전에 암 수술 받고 나만 바라보고 산다 아이가."

물론 용역 회사에서는 정씨의 나이가 정년이 지나더라도 자르지 않을 테니 마음을 놓으라며 안심을 시키지만 그는 요즘 불면증에 시달릴 만큼 불안해하고 있다. 그들의 말을 곧이곧대로 믿을 수 없기 때문이다.

"교차로 보면 경비원 모집 연령이 50에서 60세로 돼 있지. 전에 비해 다섯 살이나 줄어들었단 말이다. 이런 마당에 어느 주민이 나같이 나이 많은 사람을 경비원으로 쓰고 싶겠노."

입으로 다 뱉어 내기에는 할 말이 너무 많기 때문일까, 아니면 한 치 앞도 내다볼 수 없는 내일이 암담했던 것일까. 한동안 정씨는 굳게 입을 다물어 버렸다.

그가 다시 입을 연 건 한참이 지나서였다. 답답하고 초조한 표정으로 경비실 천장을 멍하니 올려다보던 그가 말했다.

"이 직장에서 살아남기 위해 보름 주기로 머리 염색을 해 온 내 심정을 자네가 알겠나?"

그는 벌써 네 개비째 담배를 피워 물고 있었다.

사진_김홍구

경비원 김씨와 전화 통화를 할 때, 그는 이런 당부를 했다.

"글은 괜찮지만 사진은 안 되겠는디. 그러니께 사진 찍는 사람을 데려와선 안 되네. 알겠제?"

르포 취재를 할 때마다 자주 겪는 일이지만, 겪을 때마다 참 난처하기가 이를 데 없다. 특히 방송사나 신문사가 아닌 국가인권위원회 이름을 내걸고 하는 취재는 더욱 어렵다. 그만큼 우리 주변에는 '인권'이라는 말을 낯설어하거나 경계하는 사람들이 많은 것 같다.

우선 나는 이야기부터 들어 보기로 했다. 물론 메모도 하지 않았다. 귀만 열어 둔 채 그가 강을 건너면 나도 따라 건넜고, 산을 오르다 말고 잠시 다리를 쉬면 나도 따라 쉬어 갈 뿐이었다. 종국에 가서 보면 작가가 하는 일이라곤 취재원의 두서없는 이야기를 고르게 다듬어서 보고하는 일임을 잘 알고 있기 때문이었다.

점심 식사를 마치고 자리에서 일어설 때였다. 빙긋이 웃던 김씨가 사진사에게 연락을 해 보라고 했다. 대신 자신의 얼굴을 찍어서는 안 된다는 조건이 뒤따랐다. 이유를 모르는 바 아니지만 넌지시 물어보았다. 김씨는 "내 얼굴이 나오면 경비원 자리마저 잃을지 모른다"고 했다. 하긴 르포에서 그런 사진이 어디 한두 장이었나. 이름도 실명보다는 가명이 더 많지 않은가. 경비원 김씨의 취재도 그런 조건 아래 이뤄졌다.

24시간 맞교대, 혹은 하루 12시간 근무, 최저 임금에 한참 모자라는 100만 원 미만의 월급. 감단직 노동자들을 설명해 주는 말들이다. 감단직이란, 경비원 등 감시적監視的 노동자와 아파트나 건물의 기술직 등 단속적斷續的 노동자를 칭하는 것으로, 일반 노동자에 비해 노동 강도가 약하거나 업무가 연속적이지 않은 것이 특징이라고 한다. 그런 이유로 이들은 최저 임금법도 근로 기준법도 적용을 받지 못하는 노동 시장의 사각지대에 머물러 왔다. 그러나 실제로 대부분의 아파트 경비원들은 기본적인 경비 일 외에 온갖 잡무와 입주민들의 갖가지 요구를 해결해야 하는 결코 적지 않은 노동량을 가지고 있다. 감단직에게 위와 같은 규정이 적용되는 이유를 이해하기 어려운 대목이다.

한 시사 잡지의 기사에 따르면 감단직 노동자들을 옥죄는 것은 법적인 문제 외에 '최대한 싸게 잡부처럼' 인력을 부리고자 하는 아파트 주민들의 이기적 욕망도 일조를 하고 있다 한다. 기사 속 아파트에서는 2007년부터 감단직 노동자들에게 최저 임금이 순차적으로 적용되자, 임금 인상으로 인한 관리비 상승을 우려해 관리 인력 해고를 단행했다. 그 결과 가구당 2천 원 정도가 절감되었다고 하니 이를 어떻게 받아들여야 할까.

2012년부터는 감단직 노동자도 완전한 최저 임금제를 적용받는다. 그러나 이 법이 시행되면 관리 인력을 줄이는 아파트는 더욱 늘어날 터이다. 실제로 경비원들 중에는 월급이 오르고 잘리느니 현재 임금으로 일만 할 수 있게 해 달라는 이들이 많다고 한다. 관리비 몇 천 원을 아끼기 위해 사람을 자르고, 열악한 노동 여건에 몰아넣고 머슴처럼 부리는 곳, 대한민국 아파트의 또 다른 모습이다.

빚 없는 세상에 살고 싶다

폐지를 주워 생계를 꾸리는 할머니들 때문에 길거리에 배포하지 않고 가정으로 직접 배달한다는 생활 정보지를 펼쳤다. 2면에 실린 손바닥 크기의 컬러 광고 두 개가 시선을 잡아끌었다.

누구나 당일 대출 가능, 무보증·무담보·무방문, 주부·여성·대학생 100~1,000만 원 대출 가능, 최장 60개월 분할 자율상환, 추가 비용 無(연 48퍼센트 미만)

개인 파산·회생 즉시 해결, 카드·금융권 및 사채·보증 채무

(100~80퍼센트 탕감), 채무 독촉·유체동산 압류 정지, 신용불량자

해지

한쪽에서는 마음껏 대출을 받아 쓰라며 광고를 하고, 또 한쪽
에서는 대출로 신용불량자가 된 사람들을 구제해 주겠다며 손짓
을 하고 있다. 그렇다면 대출 회사와 법무사 중 누가 병을 주고
누가 약을 주는 것일까? 선뜻 답할 수가 없었다. 둘 다 희망을 내
걸고 있지만 미심쩍은 구석이 한두 곳이 아닌 것이다.

집을 나섰다. 버스에서 내려 찾아간 곳은 '대구인권운동연대'.
이번에도 역시 고개가 절로 갸웃거려졌다. 금융피해자 파산학
교? 의미를 종잡을 수 없는 이름이다. 안으로 들어서자 나이가
제법 들어 보이는 여자 다섯, 남자 넷이 앉아 있는 비좁은 공간에
서 서창호 씨(상임 활동가)가 목청을 높이고 있었다.

"신용불량자가 양산된 건 외환위기와 신용카드 남발 때문입니
다. 외환위기가 터지면서 많은 사람들이 일터에서 정리해고 당하
고 반강제적으로 희망퇴직 명예퇴직을 하고 보니 당장 먹고살 길
이 막혀 버린 거지요."

사방이 불안했던 10여 년 전 그 무렵, 서창호 씨의 말대로 막다른 골목에 몰린 사람들에게는 탈출구가 보이지 않았다. 수없이 많은 자영업자들이 몰락하고 노동자들은 직장을 잃었다. 별다른 재산 없이 임금이나 자영업 소득으로 근근이 살아오던 사람들이, 대출이나 신용카드에 의존해 생활할 수밖에 없는 삶에 내몰리게 된 것이다. 때맞춰 신용카드 발급은 유행병처럼 번져 나갔고, 이는 훗날 엄청난 결과를 우리에게 안겨 주었다.

신용카드는 현금 서비스에서 장바구니에 이르기까지 단 1분이면 모든 걸 해결해 주었다. 카드 회사들은 앞다투어 카드 고객 유치 경쟁을 벌였고 그에 따라 연일 성장 일로를 걷기 시작했다. 하지만 바로 그 만능 특효약은 채 1년도 되지 않아 서서히 본색을 드러냈다. 여기저기서 문제가 터지고 급기야는 카드 빚으로 인한 자살 소식까지 들려왔다. 그리고 결국 서민 가계를 뒤흔든 카드 대란이 터지고 말았다. 그 여파 때문이었을까. 2004년 당시 신용 불량자 수는 396만여 명, 채무를 변제할 능력이 안 됨을 법적으로 확인받는 파산 신청자가 줄을 이었다. 이에 대해 서창호 씨가 조목조목 그 실태를 짚어 주었다.

신용불량자 혹은 금융피해자

"미국에서 도입된 파산법이 우리나라에 입법된 건 1962년이었습니다. 하지만 이 법은 오랫동안 잠자고 있었지요. 외환위기 조짐이 보이기 시작한 1997년에 비로소 첫 파산자가 나타났는데, 그 후 신청자가 늘어 2005년에 3만 9천여 명, 2006년에 12만 4천여 명, 그리고 2007년에는 무려 15만 4천여 명이 파산 신청을 했습니다. 물론 여기에 대학생, 주부, 군인, 실업자, 기초 생활 수급자 등 수입이 전혀 없는 90여만 명은 포함되지 않았습니다."

이러한 소용돌이의 와중에 정부는 무엇을 하고 있었을까. 신용불량자 급증의 또 다른 원인으로 꼽히는 것이 바로 1998년의 이자제한법 폐지이다. 외환위기로 침체된 내수 시장을 활성화하기 위해 금융 규제를 대폭 완화하면서 정부는 이자율을 25퍼센트로 제한해 오던 이자제한법 폐지를 단행하였고, 그 여파는 2007년 기준 사금융 평균 이자율 197퍼센트라는 엄청난 결과를 가져왔다. 턱없이 높아진 금리는 서민들로 하여금 빚을 빚으로 갚는 악순환의 고리를 제공했다. 이런 상황에서 개인 혹은 가계 파산은 예정된 경로일 수밖에 없었던 것이다. 그나마 사태의 심각성을 인식한 정부에서 2007년 이자제한법을 재도입하였지만, 10~20퍼센트 정도인 다른 선진국의 이자율과 비교했을 때 한국의 경우 30~49퍼센트의 고금리를 여전히 법으로 보장하고 있다.

'왜 신용불량자가 아니라 금융피해자인가'를 시작으로 '파산 및 면책 신청 서류 작성법'에 이르기까지, 장장 4시간에 걸쳐 진행된 수업을 듣다 보니 몇 해 전 방영된 텔레비전 드라마 〈쩐의 전쟁〉이 머릿속에 떠올랐다. 그 드라마의 여파로 연예인들의 여신 기관(카드 회사)과 대부 업체 광고 출연이 일순 뜸해졌던 것으로 기억한다.

파산학교 수업을 듣기 위해 인권운동연대를 찾은 이들의 표정은 자전거마저 빼앗긴 채 터널 앞에 서 있는 듯 보였다. 암울하기 그지없는 얼굴들. 수업이 끝나고 밖으로 나오니 땅거미가 지고 있었다. 인근 식당으로 자리를 옮겨 저녁 식사를 하는데 윤영배 씨가 말문을 열었다.

"내는요, 내가 쓴 거는 한 푼도 없습니더. 내도 모르는 놈들이 신용카드를 맹글어 갖고 다 썼다 아인교."

노숙자가 7천만 원 빚쟁이 된 사연

지금 그는 무슨 말을 하려는 것일까. 노숙자 쉼터에서 지내고 있다는 그가 입에 넣은 음식을 오물거리며 다시 말을 이었다.

"내는 그때 노숙자였단 말입니더. 카드라는 거는 구경도 몬해 봤고예."

그러니까, 윤영배 씨가 신용불량자가 된 건 2001년이었다. 공장이나 어선 등을 떠돌며 막일을 전전하던 윤씨는 알고 지내던 후배에게 속아 가진 돈을 모두 털린 후 노숙자 신세가 되고 말았다. 노숙자 쉼터에서 생활하며 막일로 하루하루를 연명하던 어느 날이었다. 생면부지의 사람이 그를 찾아와서는 기초 생활 수급자 자격을 갖추게 해 주겠다며, 윤씨의 주소지와 주민등록번호를 알려 달라고 했다. 세상 물정에 어둡던 윤씨는 낯선 이가 요구하는 대로 모든 정보를 알려 주고 만다. 일이 터진 건 그로부터 두 달 뒤. 고향인 대구로 내려와 노숙자 쉼터에서 지내고 있는데 카드 회사로부터 우편물이 날아들었다. 카드 이용 대금 명세서와 독촉장이었다. 그런데도 그는 별반 신경을 쓰지 않았다. 영문을 모르는 터라 겁날 게 없었던 것이다. 하지만 카드사 직원의 직접 방문을 받고 그는 놀라움을 금치 못했다. 그날 쉼터로 찾아온 카드사 직원은 윤씨에게 다음과 같은 말을 들려주었다.

"윤영배 씨는 현재 7개 카드사로부터 7천만 원이 넘는 돈을 대출받은 상태입니다."

그뿐만이 아니었다. 윤씨에게는 누군가 할부로 구입한 승용차도 등록되어 있었다. 윤씨가 담배에 불을 붙이면서 노숙자 카드 발급에 대해 목소리를 높였다.

"우리나라는 좋은 나란교 아니면 이상한 나란교? 노숙자들한테도 신용카드를 발급해 준다 아입니꺼!"

윤씨의 말을 확인해 보기 위해 이틀 뒤 세 차례의 설득 끝에 카드 회사 설계사 최향숙(가명) 씨를 만날 수 있었다. 녹취와 사진 촬영은 절대 안 된다는 조건 아래 이뤄진 만남이었다.

"상대방을 직접 대면하지 않기 때문에 큰 어려움은 없어요. 무작위로 전화를 거는 것도 아니고요. 일과를 시작할 때면 고객들의 휴대전화 번호가 이미 제 손에 있는걸요. 물론 통화 내용도 간단해요. 이번에 새로운 카드가 출시되었으니 한번 사용해 보시라고 할 뿐이에요."

현재 사용 중인 신용카드의 유효 기간이 만료되어 간다는 전화를 걸어 재발급 신청 여부를 물으면 열에 아홉은 아무런 의심 없이 곧바로 응해 준다고 했다. 물론 카드 회사는 고객이 현재 사용하고 있는 카드의 발급 회사가 아니다.

"고객의 직업이나 나이 같은 건 크게 문제 되지 않아요. 그 사람이 현재 어떤 처지에 있는지도 전화로는 알 수 없는 거고요. 우린 다만 건당 얼마씩 알(보수)을 챙기면 되니까요. 요즘 잘나가는 설계사는 건당 7만 원까지 받고 있어요."

최향숙 씨 말이 사실이라면 2002년 신용카드 1억 매 돌파는 당연한 귀결이 아닐 수 없었다. 이전보다는 많이 엄격해졌다고 하지만, 지금도 여전히 묻지도 않고 따지지도 않는 카드 발급의 비밀. 전날 만난 가정주부 김순정 씨 역시 바로 그 경험을 한 당사자였다.

원금 4천만 원 이자 4천만 원

김순정 씨가 지금의 남편을 만난 건 그의 나이 스물두 살 때였다. 근근이 밥술만 겨우 뜨는 시댁 형편에 남편은 택시 기사로 일을 했는데 가장 힘든 건 제날짜에 맞춰 방세를 내는 일이었다.

"몇 푼 되지도 않는 방세였지만 쥐꼬리만 한 수입으로 살림하고 방세까지 내려니 힘에 부치더라고요."

그 와중에 시어머니가 병으로 입원해 수술을 받고 보니 순정 씨네의 형편은 말이 아니었다. 거기에다 임신 중이었던 둘째 아

이마저 조산을 한 터라 퇴원할 적에는 병원비가 만만치 않았다. 인큐베이터에서 자란 둘째와 시어머니의 병원비가 600만 원이 넘었던 것. 그 많은 돈을 당장 구할 길이 없었던 순정 씨와 남편은 고민 끝에 카드를 발급받아 현금 대출을 받기로 했다. 좋은 방법이 아니라는 걸 모르는 바는 아니었지만, 당장 갚아야 할 병원비 때문에 별다른 선택의 여지가 없었다. 물론 카드 발급은 순조로웠다. 그러나 달포 뒤 우편으로 날아온 카드 이용 대금 명세서를 받아 든 그는 눈앞이 캄캄해졌다.

"방세 내기도 벅찬데 엎친 데 덮친 격으로 카드 대출 이자까지 얹히고 나니 살 길이 막막했어요. 남편 벌이는 빤하고, 저는 둘째 아이를 막 낳은 뒤라서 벌이가 한 푼도 없고……. 카드 돌려막기를 그때 처음 해 봤지요."

우선 그는 현금 서비스 한도액이 큰 것부터 막았다. 그거라도 살려 놔야 당장의 생계를 유지할 수 있었다. 그런데 당시 1,200만 원이던 S카드의 한도액이 3개월 뒤에 300만 원으로 뚝 떨어지면서 상황은 더 꼬이고 말았다. 더 이상 카드 돌려막기도 할 수 없는 상황. 빚은 나날이 늘어 가고, 가족에게 남은 것은 엄습해 오는 생활고와 두려움뿐이었다.

"밀린 방세 때문에 주인집 여자와 마주치는 것도 힘들었지만 그보다는 누군가 들이닥칠까 봐 그게 더 두려웠어요. 대문에서 무슨 소리가 나면 방문을 걸어 잠근 뒤 아이들에게 이불부터 덮어씌웠지요."

정말이지 그건 어미로서 할 짓이 아니었다. 이렇게 사느니 차라리 죽는 게 낫겠다는 생각도 들었다. 허나 두 아이를 가진 어미로서의 뉘우침도 잠시잠깐. 독촉장이 날아들고 4개월쯤 지났을 무렵 대문에서 웽웽 전동 드릴 소리가 요란하게 울렸다. 곧이어

방문까지 따고 들어온 네 명의 남자가 가전제품과 가구에 가압류 딱지를 붙이며 비아냥거렸다.

"신용카드로 이렇게 좋은 장롱에다 텔레비전까지 구입하고, 그동안 잘 쓰셨구먼. 그런데 돈은 왜 안 갚는 거야? 신나게 썼으면 신나게 갚아야 할 것 아냐!"

순간 순정 씨는 어금니를 악물었다. 뭐라고 대거리를 하고 싶었지만 차마 입이 떨어지지 않았다. 더구나 영문을 모르는 두 아이는 남자들이 우르르 방으로 들이닥치자 그만 겁에 질려 바들바들 떨며 엄마만 쳐다보고 있었다.

"지난 6년은 정말이지 너무 힘들었어요. 이자만 아니면 어떻게든 갚아 보겠는데 눈덩이처럼 불어난 이자 때문에 갚을 의욕마저 상실하고 말았지요. 얼마 전 파산 신청을 하려고 카드 회사들을 찾아가 서류를 뗐더니 글쎄, 4천만 원 원금에 이자가 4천만 원이나 되더군요. 그동안 갚은 이자만도 2천만 원이 넘는데 말예요."

이야기를 나눈 지 세 시간가량 됐을까. 순정 씨의 휴대전화가 계속 울어 댔다. 집에 떼어 놓고 나왔다는 아이들한테서 걸려 온 전화인 듯했다. 휴대전화를 만지작거리던 그가 이제 가 봐야 할 것 같다며 자리에서 일어났다. 미안하다는 말과 함께 남긴 그의 한마디가 묵직하게 다가왔다.

"언제나 한번 빚 없는 세상에 살아 보게 될까요?"

면책자에게 부여되는 특수 코드 1201

같은 날, 우울한 가운데 황선관 씨를 만났다. 황씨는 대학 졸업 후 직장 생활을 하다 유통업에 뛰어든 50대 중반의 사업가로, 대학 선배의 보증을 섰다가 자신의 사업까지 도산한 아픔을 갖고 있었다. 선배의 회사가 부도나자 3억 원의 보증 부채를 본인이 고스란히 떠안은 것이다. 자연 황씨의 유통업도 위태로울 수밖에 없었다.

"3억 원 원금은 건드리지도 못한 채 매월 보증 부채 300만 원을 밀어 넣으려니 내가 벌인 사업이 무너지더군요. 나도 그때 대출을 받아 유통업을 시작했거든요. 아무튼 할 수 있는 짓은 다 해 봤습니다. 가계수표, 사채, 어음, 심지어는 카드깡까지. 그런데 막판에 IMF까지 터져 버리니까 그때는 정말 별수 없더라고요."

살아온 이야기를 늘어놓는 도중 그의 입에서는 '분노'라는 단어가 수시로 튀어나왔다. 일순간에 너무 많은 것을 잃어버린 탓이었을까. 아이들은 물론이고 사는 날까지 동반자가 되기로 굳게

서약한 아내와 헤어지는 아픔까지 겪어야 했던 것이다. 술잔을 비운 뒤 담배를 피워 문 그가 술집 벽을 응시하다 말고 한숨을 내쉬었다.

"나도 나중에 어머니를 통해 알게 됐는데 내가 잠적해 있는 동안 집으로 사채업자들이 몰려왔던 모양입니다. 그중 한 사람은 가방에다 아예 페트병까지 넣어 와서는, 부모님과 아내, 아이들이 보는 앞에서 보란 듯이 소변까지 봤다고 하더군요. 식구들과 사흘을 그렇게 지냈다는 소리를 듣고 나니까 부글부글 피가 끓었습니다."

그러면서 그는 "잘못한 건 난데 왜 가족한테까지 그 몹쓸 짓을 하는지 모르겠다"며 눈시울을 붉혔다. 다행히 그는 지난해 10월 생계형 채무자로 분류되어 파산·면책 처분을 받았다. 하지만 그에게는 아직 덧씌워진 멍에가 남아 있다. 은행연합회에서 면책자에게 부여하는 특수 코드 '1201'이 그것이다.

"면책을 줘서 고마운 일이긴 하지만 1201 특수 코드는 7년간 보존됩니다. (2009년 10월부터 5년으로 단축되었으나, 실제로는 5년이 지난 면책자들의 정보도 통용되고 있다.) 금융, 통신, 보증보험, 생명보험은 물론이고 고용을 목적으로 하는 개인 회사에까지 제

신용 정보가 제공되고 있어요. 심지어는 면책자의 가족까지도 차별을 받는다고 하네요. 일종의 연좌제인 셈이지요."

그렇다면 1201은 오랜 시간 동안 가슴에 달고 살아야 하는 한국판 주홍글씨란 말인가?

술집에 걸린 벽시계는 벌써 새벽 2시를 향해 치닫고 있었다. 밖으로 나온 황선관 씨가 먼저 악수를 청하더니 텅 빈 새벽 거리로 걸음을 옮겼다. 힘겨워 보이는 그의 뒷모습이 아스라이 사라져 가고 있었다.

사진_ 허태주

"대한민국은 신용카드 천국인 것 같아요."

몽골에서 온 이주 노동자가 한 말이다. 카드 사용이 너무나 일반적인 걸 보고 무척 신기하고 놀라웠다고 했다. 그러면서 덧붙였다. 다른 건 잘 모르겠는데 대한민국에서 핸드폰과 신용카드만큼은 평등(?)한 것 같다고. 왠지 그의 말 속에 가시가 숨어 있는 느낌이었다. 평등하긴 한데 뒤집히는 배가 너무 많은 형국이라고 해야 할까.

어렵게 만난 최향숙 씨의 말에 따르면 신용카드는 3개월에서 반년을 버틸 수 있게 해 주는 서민들의 마지막 무기라고 했다. 또 이 점에 대해 카드 회사들이 너무나 잘 알고 있다고도 했다. 그렇다면 이런 사정에도 불구하고 왜 카드 회사들은 여전히 새로운 카드를 발급하라며 사람들을 유혹하는 걸까? 다시 최향숙 씨의 말에 따르면, 그렇게 해도 적자가 안 나기 때문이라고 한다. 급한 건 정부이지 카드 회사들이 아니라는 것. 소비의 60퍼센트가 신용카드로 이뤄지고 있는데 이게 막히면 한국 경제도 시쳇말로 한 방에 간다는 설명이었다.

그런가 하면 군에서 대위로 예편한 뒤 카드 회사에 입사했다는 김두식(가명) 씨는 카드 빚을 받는 과정에 대해 아래와 같은 설명을 들려주었다.

"자리에서 쫓겨나지 않으려면 반 깡패가 될 수밖에 없어요. 독해져야 한단 얘기죠. 신용불량자들이 빚진 거 100명 중에 80명분만 받아 와 보세요. 아마 당장 현장 근무에서 사무실 근무로 바뀔 수도 있을걸요?"

요즘은 찾아보기 어렵지만 몇 년 전만 해도 길거리에서 선물을 쌓아 놓고 카드 고객을 유치하는 모습을 쉽게 볼 수 있었다. 아무것도 묻지 않고 누구에게나 활짝 열려 있던 카드 발급의 문. 많은 이들의 증언을 통해 확인할 수 있는 것처럼 신용불량자가 급증하게 된 데에는 국가와 사회의 책임이 크다. 이익 창출에만 몰두했던 카드 회사들의 경영 방식과 서민에 대한 대책 없이 금융 규제 완화에 바빴던 정부의 정책.

신용불량자, 아니 금융피해자들의 채무 증대 사유를 살펴보면 생계형 채무가 대부분이라고 한다. 외환위기 이후 힘겨운 상황 속에서 소득이 급격히 줄거나 아예 없어지면서 병원비 등으로 인해 어쩔 수 없이 무리한 대출을 받아야 했던 사람들. 돈을 갚고 싶어도 일을 할 수가 없는 사람들. 이자가 눈덩이처럼 불어나 더 이상 갚을 의욕마저 상실한 사람들. 상황이 이러한데도 일부 보수 언론을 비롯한 우리 사회는 신용불량자 문제가 개인의 도덕적 해이 때문이라며 사실을 호도하곤 한다. 이러한 사회적 낙인과 스스로 죄인이라는 생각, 그리고 무엇보다도 밤낮없이 행해지는 폭력적인 채권 추심으로 인해 금융피해자들은 엄청난 고통과 인권 유린의 현장에 놓여 있다.

이제라도 금융피해자 스스로 죄인이라는 인식을 벗고 그동안 유린당했던 인간으로서의 권리를 하나씩 찾아가야 한다. 금융피해자의 금융 채무, 불법 채권 추심은 결코 개인의 문제가 아니라 사회적 빈곤의 또 다른 얼굴이기 때문이다.

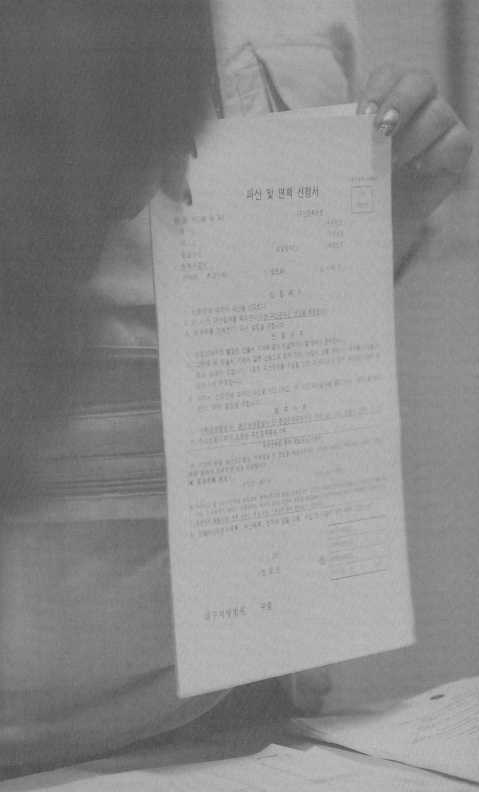

졸업하면 군대나 가려고요

G공업고등학교 교무실로 들어서는데 복도에 걸린 액자가 눈에 들어왔다. 정호승의 〈희망을 만드는 사람이 되라〉를 시화로 그린 것이었다.

이 세상 사람들 모두 잠들고
어둠 속에 갇혀서 꿈조차 잠이 들 때
홀로 일어난 새벽을 두려워 말고
별을 보고 걸어가는 사람이 되라

박 교사와 마주 앉은 건 보충 수업이 끝난 저물녘이었다. 수인사를 나누기 바쁘게 박 교사는 인문계고(이하 인문고)와 전문계고(이하 전문고)의 비율이 오십 대 오십이던 시절 이야기부터 꺼내 놓았다.

"전문고가 내리막길로 치달은 건 문민 정부 때였습니다. 80여 개에 불과했던 대학이 300여 개로 늘면서 인문고와 전문고의 오십 대 오십 균형이 깨진 것이죠."

20년 전이다. 정호승의 시에서처럼 전문고는 '새벽 별'이었다. 3학년 1학기를 마치면 취업 전선에 뛰어들었고, 각 기업체는 졸업생을 유치하고자 문턱이 닳도록 학교를 찾아왔다. 인문고와 전문고가 수평을 이룬 시절이었다. 그러나 대구에 두 곳뿐이던 공립 공고가 여섯 곳으로 늘어날 즈음, 전문고가 점점 천덕꾸러기가 되는 현상이 나타나기 시작했다. 사회 전체의 경제적 수준이 높아지고 부모들의 교육열 또한 뜨거워지면서, '일단 대학은 나와야 한다'는 생각이 우리 사회에 팽배해졌던 것이다. 도를 넘어서는 교육열의 도가니 속에서 전문고는 속수무책일 수밖에 없었다. 30년 가까이 지속된 균형이 깨지면서 전문고 기피 현상이 확산된 것은 물론이고, 전문고 안에서도 대학 진학 85퍼센트, 취업

15퍼센트라는 변화가 전문고 본래의 기틀을 한순간에 무너뜨려 버렸다.

대졸자와 외국인 노동자, 그 사이 어디쯤

이렇듯 인문계뿐 아니라 전문고 학생들까지 대학으로 몰려가면서 우리나라의 대학 진학률은 나날이 높아져 갔다. 그러나 몇 년 뒤 이들이 대학을 졸업하고 쏟아져 나온 졸업생들이 사회로 나가려 할 때 취업문은 꽁꽁 얼어 있었다. 그 한파는 해를 거듭한 가운데 청년 실업자 수를 100만 명으로 늘려 놓고 말았다. 이에 대해 박 교사가 핏대를 세웠다.

"이런 마당에 어느 기업이 전문고 출신을 채용하려 하겠습니까. 저부터도 선뜻 손을 내밀지 않을 것 같아요. 대졸에 병역을 마친 청년들이 수두룩한데 말이죠. 거기에 전문대 졸업생과 이주노동자들까지 생각하면, 전문고 출신은 정말로 설 자리가 없는 상태입니다."

외국인 산업기술 연수제도가 도입된 건 1994년, 그 이후 노동력을 필요로 하는 곳에서는 언제든 손쉽게 외국인 노동자를 쓸 수 있게 되었다. 그런가 하면 그 무렵에 진행된 '전문고 현장 취업 실습 폐지'는 학생들을 학교에 묶어 두는 꼴이 돼 버렸다. 전문고도 인문고처럼 학기말 시험을 치른 뒤 실습을 나가야 한다는 교육부의 모호한 방침이 뒤따랐던 것이다.

"바로 그 무렵이었습니다. 우후죽순 전문대들이 늘어나면서 자연 전문고는 수렁 한가운데 놓일 수밖에 없었지요. 샌드위치라는 표현이 제일 적절할 것 같네요. 위에는 전문대 졸업자들이, 그 아래에는 외국인 노동자들이 자리를 잡고 있었으니……."

물론 변화에 발맞추고자 하는 시도가 전혀 없었던 건 아니다. 전문대 이름에서 '전문'이라는 말이 사라질 즈음, 전문고도 정보산업고, 인터넷고, 테크노과학고, 골프특성화고 등으로 개편을 서둘렀다. 하지만 그 행보는 종양을 들어낸 수술은 아니었다. 마지못해 손을 댄, 성형수술에 불과했다.

"눈만 뜨면 경쟁력을 이야기하는데 사실 공대 출신이랑 공고 출신의 게임이 가능하다고 보십니까. 국가 정책과 사회적 분위기 조성, 그리고 개인 역량의 삼박자가 맞아떨어져야 하는데도 경쟁력만 들이대니 참으로 갑갑할 노릇입니다. 무늬만 바뀌었다고 해서 근본적인 문제가 해결된 게 아니지 않습니까."

그렇다고 마냥 주저앉아 있을 수만은 없었다. 팔을 걷어붙인

학교 측은 우선 취업을 희망하는 학생들을 위해 직접 기업체를 찾아가 설명회를 개최했다. 다음 단계로 2학기가 되면 800여 곳의 기업체에 취업 공문을 발송했다. 그러나 이에 대한 답을 보내온 기업체는 고작 50곳에 불과했다.

"인문고와 전문고가 다른 점이 바로 이거예요. 전문고는 수업만 가지고는 안 됩니다. 수능 성적에 앞서 학생들의 일자리를 마련해 주는 게 급선무이지요."

그러면서 그는 "요즘 전교생 중에 85퍼센트가 대학 진학을 희망하고 있지만 가정 형편을 생각한다면 만류하고 싶은 학생이 한둘이 아니"라며 안타까운 심정을 토로했다.

박 교사의 말대로 G공고 전자기계과 3학년 덕찬이는 대학에 꼭 가고 싶은 마음은 없다고 했다.

"두 달 전부터 과외를 받고 있지만 부모님한테 죄송할 뿐이에요. 과외를 할 만한 형편이 안 되거든요. 형도 지금 알바를 하면서 대학을 다니는 중이고요. 대학에 가겠다는 제 선택이 과연 맞는 것인지 확신이 잘 들지 않아요. 공고에 입학할 때만 해도 대학은 생각조차 하지 않았던 일인데 말이에요."

지금으로부터 3년 전, 중3이었던 덕찬이는 인문고를 다니는 형을 보면서 기겁하고 말았다. 새벽 2시까지 공부를 하는 형의 입에서 터져 나오는 건 한숨뿐이었다. 진로에 대해 마음을 정한 것은 바로 그런 형을 지켜보면서였다. 더디 가더라도 그는 형처럼 고교 시절을 보내고 싶지 않았다. 아닌 게 아니라 그의 선택은 옳았다. (그때는 그랬다.) 공고에는 수능 시험을 비켜선, 학창 시절을 담을 시간적 여유가 있었다. 1학년 수업 과정인 순환 실습(밀

링, 선반, 용접, 기계 조립, 제도 등 기초 과정)을 마치면 오후 4시, 두 시간 더 연장되는 보충 수업은 정보 통신 공부를 하기에 딱 좋았다. 그런데 문제가 생기고 말았다. 순환 실습에서 선택 과목 실습으로 이어지는 2학년에 오르자 그의 눈에 공고의 현실들이 하나둘씩 들어오기 시작했다. 대부분 우울한 색깔들이었다.

졸업을 앞두고 낙오자로 전락한 선배들

"2학년이 되니까 3학년 선배들이 보이기 시작했어요. 졸업을 앞두고 낙오자로 전락한 듯 보이는 선배들이 한둘이 아니었는데 저한테는 상당히 충격적이었죠. 공고를 졸업하면 뭘 할까, 사무직과 현장직, 정규직과 비정규직의 월급 차가 엄청 크다는데 그럼 나는 어떻게 되는 걸까……."

느긋하게 1학년을 보낸 덕찬이로서는 자연 마음이 다급해질 수밖에 없었다. 그리고 정규직과 비정규직에 이어 전문대 출신과 공고 출신의 월급 차가 꽤 크다는 이야기를 들었을 적엔 학교에 오는 것마저 싫어졌다. 희망이 없는 전문고, 그 학교를 다니고 있는 나……. 이 같은 넋두리만 쌓여 갔다. 그런 어느 날이었다. 저녁밥을 먹다 말고 덕찬이는 부모님에게 대학 진학에 대한 이야기

를 꺼냈다. 4년제 대학이 어려우면 전문대라도 가 볼 생각이었다. 전문고에 다니고 있어서 수능보다 내신에 조금만 신경을 쓰면 가능한 일이기도 했다.

"그날은 아무런 말씀이 없었어요. 어머니는 한숨만 내쉬었고요. 며칠 뒤 아버지가 마음을 열어 주셨는데, 이런 말씀을 하셨어요. 이제 와 하는 말이지만 어떻게든 대학은 나와야 한다고. 실은 고등학교를 졸업한 아버지가 직장에서 학력 때문에 힘들어하고 계셨거든요."

하지만 넘어야 할 산은 그것 말고도 또 있었다. 학생들은 좋든 싫든 저마다 급변하는 사회에 발맞추느라 진로를 바꾸고 있는데, 정작 학교 수업은 취업에 초점이 맞춰져 있었던 것이다. 이 점은 교사와 학생 모두에게 난감한 지점이기도 했다.

"3학년 수업 시간표를 보면 영어 · 일어 · 문학 · 수학이 각각 두 시간씩이고 나머지는 실습으로 돼 있어요. 이게 참 답답한 건데요. 우리가 전문고니까 실습이 많은 게 맞긴 하지만, 또 정작 대부분의 아이들이 이 시간에 실습은 뒷전이고 영어 단어 외우느라 바쁘거든요."

덕찬이의 이야기를 듣고 보니 딱히 할 말이 떠오르지 않았다.

"전체 학생 중에 4년제 대학 희망자가 20퍼센트, 전문대는 70퍼센트, 취업을 희망하는 학생은 고작 10퍼센트에 불과하다"는 수치를 내놓았을 적엔 오히려 전문고라는 명칭이 무색하게 느껴질 지경이었다.

이틀 뒤에 만난 T공고 서 교사는 캄캄한 바다를 빈 배 저어 가는 심정이라며 조심스레 운을 떼었다.

"학교로서도 뚜렷하게 방향을 잡기가 힘듭니다. 전문고이니 그에 맞게 전문성을 가진 인력을 키워 내는 데 초점을 맞춰야 하지만, 아시다시피 취업률은 떨어지고 학생들은 진학을 희망하는 터라 이러지도 저러지도 못하는 형편이에요. 사실 전문고 문제는 학교와 교과부 차원에서 해결하기 어렵다고 생각합니다. 노동부와 지식경제부, 중소기업청이 고개를 맞대야 그 해결점을 찾을 수 있지 않을까 싶어요. 학력 인플레가 심각한 우리나라 상황에서, 이건 전 사회적으로 노력을 기울여야 하는 문제입니다. 하지만 전문고 문제에 관심을 가지고 있는 정부 기관이나 국회의원은 별로 없는 것 같습니다."

모르는 바는 아니었다. '경쟁'을 최고의 미덕으로 여기는 시대, 일등만이 살아남을 수 있는 세상, 대통령을 위시한 국회의원들의 관심은 온통 특목고나 자사고에 있을 뿐이라는 것을. 전문고에 관심을 가지는 소수 의원들의 외침은 다수에 밀려 힘없이 사라지곤 한다는 것을.

물론 이는 국회의원에게만 해당되는 이야기는 아니다. 몇 해 전에는 서울의 한 아파트 단지에서 초등학교를 지을 땅이 없다는 이유로 멀쩡한 공업고등학교가 폐교 위기에까지 처한 적이 있다. 다행히 언론을 통해 이슈화가 되면서 폐교라는 극한 상황은 막을 수 있었지만, 전문고에 대한 세인들의 인식을 오롯이 확인할 수 있게 해 준 사건이었다.

두서없이 떠오르는 생각들을 꺼내 놓자 서 교사의 표정이 그새 상기돼 버렸다.

"전문고에 대한 정부의 입장과 사람들의 편견을 이해 못하는 건 아닙니다. 하지만 전문고가 완전히 사라지고 전체 국민이 모두 대학을 나오는 사회를 한번 상상해 보세요. 그 사회가 과연 제대로 돌아갈 수 있을까요. 전문고는 전문고의 취지 그대로 위상을 지켜 가야 한다는 게 제 생각이에요. 전문고 과정을 통해 공부가 아닌 다양한 분야에 흥미를 가진 학생들이 자신의 진로를 찾을 수 있게끔 교육이 이루어져야 하는 거지요."

그러면서 서 교사는 자신의 생각이 지나치게 이상적임을 모르지 않는다고 했다.

"물론 가장 급선무는 학생들이 당당하게 제 몫을 할 수 있는 취업의 기회가 많이 주어지는 것이겠지요. 대학에 가겠다고 하는 학생들을 바라보는 솔직한 제 심정은, 할 수 있다면 대학 진학을 말리고 싶다는 겁니다. 단, 예전처럼 공고만 졸업하고도 당당한 사회 일원으로 살아갈 수 있다면 말이에요. 진지하게 상담을 해 보면 마지못해 진학을 하려는 학생들이 한둘이 아니거든요."

현재 우리나라의 전문고는 702개, 교사들은 65퍼센트 취업에 35퍼센트의 대학 진학이 바람직하다고 보고 있지만 주변의 반응은 냉담할 뿐이다. 앞서 이야기한 바와 같이 이미 대부분의 전문고 학생들은 대학 진학을 원하고 있다.

그렇다면 엄연히 전문고생으로서 취업을 준비하고 있음에도, 오히려 소수자가 되어 버린 취업 준비생들의 처지는 어떨까. T공고 전자과 3학년에 재학 중인 재성이는 바로 이 점에 대해 자신의 솔직한 심정을 털어놓았다

졸업하면 군대나 가려고요

"저는 중학교 때부터 공부에 별 관심이 없었어요. 친구들과 노는 게 좋았죠. 그래서 뭐, 주변 사람들이 저더러 가정 환경이 안좋고, 공부도 못하고, 말썽이나 피운다며 손가락질해도 특별히 할 말은 없어요. 하지만 제가 보기엔 대학에 목숨 건 친구들이 더 불쌍할 때가 많은 것 같아요. 요즘은 학력이랑 상관없이 청년 백수들이 수두룩하잖아요."

이럴 땐 그릇이 크다며 치켜세워 줘야 하나, 아니면 세상 물정 모른다며 끌끌 혀를 차야 하나. 방학 때면 아르바이트를 한다는 재성이는 자신이 바로 기초 생활 수급자임도 숨기지 않았다. 다만 그는 전문고 졸업만으로도 자신의 삶을 펼쳐 나갈 수 있는 세상을 꿈꾸고 있을 뿐이었다.

"예전처럼 3학년 1학기를 마친 취업 희망자는 바로 산업체에 실습을 나갈 수 있었으면 해요. 거기서 병역을 마칠 수 있다면 더 좋겠고요. 솔직히 전 제가 다니는 학교에 대해서는 딱히 좋지도 나쁘지도 않게 생각하고 있어요. 그치만 기분이 좀 꿀꿀한 건 공고마저 대학 진학에 빠져 있다 보니 저처럼 취업을 먼저 생각하고 들어온 학생들은 이곳에서마저 밀려나는 느낌이 든다는 거예요.

그래서 하는 말인데요, 제발 친구들과 더 멀어지기 전에 이 문제부터 해결해 줬으면 좋겠어요. 저는 공고를 선택한 것에 대해 후회하고 싶지 않거든요. 친구들과의 우정도 대빵 중요하고요."

그러고 보니 재성이는 이야기 도중 상훈이, 현구, 영민이 등 친구들의 이름을 수시로 들먹였다. 그만큼 재성이에게는 수능 점수보다 우정이 훨씬 더 중요한 듯했다. 팥빙수를 먹다 말고 재성이가 대뜸 군대 이야기를 꺼냈다.

"졸업하면 자원해서 군대나 가려고요. 저처럼 취업을 하려는 학생들은 그게 훨씬 빠를 수 있거든요."

병역 문제에 대해서는 교사들도 같은 생각을 하고 있었다. 취업을 희망하는 학생들이 졸업과 함께 사회에 나가더라도 학력이라는 경쟁에서 밀린다는 사실을 익히 알고 있기 때문이다. 현재 전문고가 처한 상황을 다시 한 번 절감할 수 있는 대목이었다.

사진_ 허태주

못다 한 이야기

많은 학생들을 만난 건 아니지만 전문계고 학생들 중 열에 일곱은 가정 형편이 몹시 어려웠다. 형편만을 따진다면 대학 진학보다는 취업이 더 급한 가정들이 많았다. T공고의 경우 전체 학생의 절반에 가까운 학생들이 기초 생활 수급자이기도 했다. 하지만 학생들은 이미 알고 있었다. 전문계고 졸업장으로는 연애도, 결혼도, 기본적인 생활도 어렵다는 것을. 그렇다고 무슨 뾰족한 수가 마련되어 있는 것은 아니었다. 그저 일단 대학은 나와야 한다는 생각이 학생들 사이에 널리 퍼져 있을 뿐.

학교에서 치는 시험이라면 오답일망정 답을 써내려 갈 수는 있겠지만, 학교라는 건물을 벗어나 세상 속으로 들어가면 한 치 앞도 내다볼 수 없는, 아무런 선택도 하기 어려운 갑갑한 현실이 이들을 기다리고 있다. 과연 이 땅에서 청소년과 청년은 우리의 희망이고 미래일 수 있을 것인지.

교육 문제를 이야기할 때 자주 등장하는 것이 핀란드의 사례이다. 핀란드는 경쟁 없는 교육, 모두를 위한 교육을 지향하는 것으로 알려져 있는데, 이러한 핀란드의 분위기는 직업 교육에 있어서도 탁월한 면모를 보여 주고 있다.

핀란드의 학생들은 인문계 학교와 직업 학교를 선택하는 과정에서 50퍼센트 이상이 직업 학교로 진학을 한다. 직업 학교를 선택하는 비중은 점점 높아지는 추세이고, 기업 역시 경험을 중시하는 분위기 속에서 직업 학교 출신을 선호한다. 인문계 학교로 진학했던 학생들도 다시 직업 학교로 올 수 있기 때문에, 핀란드에서 가장 유명한 직업 학교 '옴니아Omnia'의 경우 실제로 20퍼센트 정도가 인문계 고교에서 온 학생이라고 한다.

라틴어로 '모두'라는 뜻의 학교 이름인 '옴니아'는 모든 사람이 질 높고 평등하게 교육을 받을 수 있다는 뜻을 가지고 있다. 옴니아 직업 학교의 목표는 '졸업자가 취업해서 노동 현장에 투입됐을 때 가장 우수한 능력과 실력을 발휘하도록 하는 것'. 이를 위해 학교 교육과정에는 무척이나 다양한 직업이 반영되어 있고, 빠르게 변하는 직업 환경에 맞춘 교육이 이뤄진다. 이러한 옴니아의 교육 뒤에는 든든한 국가의 지원이 자리 잡고 있다.

이렇듯 교육과정이 탄탄하고 졸업 후 진로 역시 잘 보장되어 있으니 핀란드에서 인문고보다 직업 학교가 선호되는 것은 어찌 보면 당연한 일이다. 그러나 근본적으로 핀란드의 직업 교육이 성공적일 수밖에 없는 것은, 모든 이의 교육을 뒷받침하는 핀란드의 사회 문화, 그리고 직업에 대한 편견이 상대적으로 낮으며 사회를 위해 진짜 필요한 인력이 누구인지를 영리하게 잘 알고 있는 핀란드 사람들의 인식에 따른 자연스런 결과일 터이다.

보이지 않는 사람들

"(장애인 시설) 원장님이 그러시는데 저는 태어날 적부터 병을 앓았대요. 몸을 조금만 심하게 움직여도 뼈가 부러지는 병이었는데, 휠체어를 탄 건 여덟 살 때부터였어요."

첫 만남부터 콧날이 시큰했다. 장애인 시설 이야기에 이어 부모님의 얼굴은 기억도 나지 않는다며 고개를 떨어뜨릴 적엔 말을 건네는 것조차 버거웠다. 조경원(지체 장애 1급) 씨는 고등학교 때까지 특수 학교만 다닌 터라 비장애인과의 접촉이 극히 제한적일 수밖에 없었다고 한다.

"특수 학교에서는 진로보다 재활을 중요시하기 때문에 교사들도 수업에는 별로 신경을 안 쓰는 편이에요. 저는 그게 못마땅했습니다."

그는 재활과 진로 가운데 진로에 더 관심을 두고 있었다. 그러니까 경원 씨는 불가능한 재활에 시간을 빼앗기느니 두 손으로 할 수 있는 일이면 무엇이든 해 보고 싶었던 것이다. 하지만 그 무렵의 상황은 썩 좋지 못했다. 우선 진학을 할 수 있는 방법을 찾고자 이리저리 알아보았는데, 일반고에 비하면 특수 학교는 모든 면(진학, 취업 등)에서 뒤처져 있었다. 고교 졸업을 앞둔 그는 입시 위주 수업을 하는 일반고와의 차이를 인정하지 않을 수 없었다. 진학을 위해 몇몇 대학을 기웃거려 보았지만 특수 학교 졸업장으로는 어렵다는 걸 깨달은 것이다.

"열심히 길을 찾아봤지만, 그 길이라는 것이 좀처럼 보이지 않았어요. 한시라도 빨리 시설을 박차고 나가고 싶었는데 이런저런 장애물들이 앞을 가로막았죠. 교사들까지 나서서 시설에 머무는 것이 더 안전하다며 만류하는 터라 선뜻 결정을 내릴 수가 없더군요."

174

높디높은 절벽 앞에 선 기분

그로부터 3개월 뒤, 경원 씨는 많은 사람들의 만류를 뒤로하고 취업을 위해 한 세공사를 찾아갔다. 하지만 건물 내부를 살피는 순간 그는 높디높은 절벽 앞에 선 기분이었다. 장애인 소식지를 보고 찾아간 곳인데도 불구하고 그 건물에는 승강기는 물론 리프트마저 설치돼 있지 않았다. 그의 눈에는 4층 세공사가 버드나무 우듬지에 똬리를 튼 까치집처럼 보였다.

"세공사 사장이 장애인이란 걸 알고 찾아간 저로서는 더 황당할 수밖에 없었습니다. 휠체어를 탄 장애인에게 승강기와 리프트가 없는 건물은 낭떠러지 절벽이나 다름없거든요."

비장애인의 도움으로 4층까지 올라간 그는 우선 사장부터 찾았다. (경원 씨는 그날을 계기로 최대한 밥을 적게 먹고 하루 세 끼를 두 끼로 줄였다. 혹시라도 비장애인에게 도움을 받게 될 때 자신의 체중이 너무 무거우면 곤란하다는 생각에서였다.) 잠시 후 목발을 짚고 나타난 사장의 표정이 싸늘하게 굳었다. 그러니까 그는 이틀 전 전화를 건 경원 씨가 적어도 목발을 짚는 정도의 장애인일 거라고 미루어 짐작한 모양이었다. 다행히 그는 경원 씨를 내치지는 않았다. 대신 승강기와 리프트가 없는 건물을 이유로 난색을 표

했는데, 기회를 놓칠세라 경원 씨가 서둘러 사장의 입을 막고 나섰다. 우선은 자신의 첫 도전을 수포로 돌릴 수가 없었고, 그리고 하루 두 번만 누군가 도와준다면 출퇴근도 완전히 불가능해 보이진 않았던 것이다.

그러나 다음 날 아침 출근길에 오른 그는 그만 주저앉고 싶은 심정이었다. 설레는 마음으로 버스 정류장에 도착했지만 세공사를 경유하는 버스는 비장애인만을 태운 채 꽁무니를 빼 버렸다. 그러기를 여러 차례, 마음이 다급해진 그는 택시를 향해 손을 흔들었다. 하지만 이번에도 역시 요지부동이었다. 분명 빈 차임을 확인한 뒤 손을 흔들었는데도 택시는 휠체어를 탄 경원 씨를 발견하고는 쏜살같이 사라져 버렸다.

"예상을 못했던 건 아니지만 현실은 생각보다 훨씬 힘들더군요. 첫 출근길에서 집단 따돌림을 받은 것 같은 기분이었지요."

난감한 건 비단 버스와 택시 때문만은 아니었다. 휠체어를 탄 경원 씨를 보고도 비장애인들은 제 갈 길 가느라 바쁠 뿐 누구 하나 도움의 손길을 내밀어 주지 않았다.

"정류장에 도착한 지 30분이 훨씬 넘어 겨우 택시를 타긴 했지만, 첫 출근에서 호된 신고식을 치른 탓인지 마음이 착잡했습니다. 그리고 나를 인간으로만 봐 달라고 외쳐 온 그 호소마저 사치라는 생각이 들더군요."

회사 앞에 도착하자 이번엔 4층 건물이 그를 기다리고 있었다. 입사를 마음먹을 때만 해도 하루 두 번 누군가의 도움을 받으면 될 거라고 생각했으나 그건 경원 씨만의 생각일 뿐이었다. 경원 씨에게 도움을 요청받은 누군가는 사람 따로 휠체어 따로, 세공사가 있는 4층까지 두 번을 오르내리는 번거로움을 감당해야 했다. 당연히 경원 씨에게 첫 직장은 하루하루가 가시방석일 수밖에 없었다.

3개월 만에 세공사를 나온 경원 씨가 휴대전화 케이스를 생산하는 업체에 취업한 건 그로부터 반년 뒤였다. 하지만 그의 마음은 여전히 편치 못했다. 같은 라인에서 일하는 비장애인들의 쏘곤댐을 마냥 못 들은 척할 수는 없었기 때문이다. 그들의 한결같은 이야기는 "저 몸으로 일을 하겠느냐"는 것이었는데 아니나 다를까, 일하는 속도가 떨어질 때면 동료들의 눈총이 보통 따가운 게 아니었다. 그만큼 우리 사회는 '이익 창출'이라는 네 글자를 목에 건 채 총성 없는 전투를 하고 있었다.

두 번의 도전이 가져다준 충격 탓이었을까. 마음을 다잡아 보

았지만 소용없는 일이었다. 긍정적인 생각보다는 비관적인 마음
이 먼저 고개를 쳐들었다. 나는 무엇일까, 이렇게 꼭 살아야 하는
걸까, 열심히 해 보려 해도 다른 사람들에게 짐만 되고 있지 않은
가, 이럴 바엔 차라리 죽는 게 낫지 않을까…… . 어느덧 청년이
된 경원 씨는 스스로 목숨을 끊는 장애인들의 절박한 심정을 십
분 이해할 것 같았다. 어떤 때는 자신도 차라리 그게 더 나을 것
같다는 생각이 들기도 했다.

"장애인더러 비장애인과 경쟁을 하라고 하면 그건 죽으라는 소
리나 다름없지 않을까요? 그런 무서운 생각이 머릿속에 꽉 차 버
리자 더는 비장애인들을 고운 시선으로 볼 수가 없더군요."

그 무렵 경원 씨에게 위안이 되어 준 사람은 시설에서 함께 지
내는 현구였다. 현구는 중증 장애인으로, 사지를 쓰지 못해 아예
누워 지내는 친구였다.

"겁 없이 세상에 뛰어들었다가 한 방 얻어맞고 보니 나보다 더
아픈 사람들이 보이기 시작했습니다. 현구가 바로 그중 하나였는
데, 현구는 나에게 엄청난 용기와 희망을 주었어요. 사지를 전혀
못 쓰는 형편에도 불구하고 늘 밝고 긍정적인 모습을 잃지 않았
거든요. 예전엔 그걸 못 느끼다가 내가 절망을 겪으면서 그 모습

이 눈에 들어오더군요."

3년 전 경원 씨는 장애인 시설을 나와 혼자만의 주거를 마련했다. 그러니까 그는 고교를 졸업한 뒤 6년 만에 자신이 그토록 원하던 자립을 시작한 셈이다. 물론 그가 자립을 선택할 수 있었던 건 '장애인지역공동체(이하 장지공)'의 역할이 컸다. 장지공은 대구에서 유일하게 '질라라비'라는 검정고시 학교를 운영하는 곳으로, 이곳에서는 장애인의 독립을 돕기 위해 장애인 독립생활센터인 '다릿돌'을 시범 운영하고 있다.

"자립과 함께 기초 생활 수급자로 등록되어 주공 임대 아파트와 월 47만 원의 생계비가 나옵니다. 이렇듯 경제적인 부분도 해결이 되었지만, 무엇보다 장지공은 방황하는 저에게 활력을 불어넣어 준 곳이에요. 장애인과 관련한 봉사 활동을 통해 인간에 대한 존엄성을 알게 됐거든요."

현재 다릿돌에서 자원봉사자로 활동 중인 그에게 지난해 4월부터 시행된 '장애인차별금지법(이하 장차법)'에 대한 생각을 물어보았다. 순간 그의 이맛살이 심하게 요동쳤다.

"법만 존재할 뿐 실효성 면에서 보면 특별히 달라진 게 없어요. 법적인 강제력이 전혀 없으니 어느 누가 장차법을 두려워하겠습

니까. 승차를 거부한 택시 기사에게 나를 태우지 않고 그냥 갈 경우 장차법에 걸린다고 얘기한다면 그 기사가 어떤 반응을 보일 것 같으세요. 모르긴 해도 택시 기사는 콧방귀를 뀔 겁니다."

현실적인 대책을 원한다

이틀 전 효목동에서 만난 김자연(지체 장애 3급) 씨도 장차법에 대해서는 시큰둥한 표정을 지어 보였다. 초등학교에 다닐 적 체육 시간에는 비장애인들의 옷과 소지품을 지켰고, 소풍을 가는 날은 아예 집에 틀어박혀 지냈다는 그는 후원금에 대해 먼저 말문을 열었다.

"우리나라에서 정치 후원금은 100퍼센트 소득공제가 되지만 복지 후원금은 겨우 10퍼센트밖에 안 되는 거 혹시 아세요? 가능하면 후원금을 많이 내도록 독려해야 할 정부에서 정책을 이렇게 펴는데, 어느 국민들이 복지 문제에 관심을 가질지 의문이에요. 대통령이 바뀔 적마다 복지 예산 때문에 무척 시끄러운데, 올해에도 여지없이 복지 예산은 삭감되고 말았더군요."

지난해 장차법이 시행된 뒤 정작 올해 사회복지 예산은 줄었기 때문일까. 잠시 숨을 돌린 그는 나라에서 하는 일들이 아직 동정과 시혜의 시각에서 벗어나지 못하고 있다며 울분을 터트렸다.

"법만 생기면 뭘 합니까. 그보다 먼저 변화를 보여야 할 정치인들의 시각은 제자리걸음을 하고 있는데. 국민이 낸 세금으로 예산을 집행하는 거면서 유독 복지 예산은 마치 시혜를 베푸는 듯한 인상을 풍기잖아요. 우리나라 장애인 수가 400만 명을 넘어서고 있는, 이런 상황에 말입니다."

다 식은 커피로 목을 축인 그가 이번에는 여성 장애인으로 겪은 고충을 거리낌 없이 털어놓았다.

"저는 결혼할 나이가 되었을 때 가장 두려웠어요. 온갖 걱정이 다 들더군요. 과연 내가 아기를 낳을 수 있을까, 아기가 태어난다면 정상일까……. 이런 생각들 때문에 잠을 이룰 수가 없었죠."

하지만 그는 아기를 낳지 못했다.

"내 삶에서 가장 힘들었던 때가 바로 그때가 아니었나 싶어요. 여자에게 잉태는 택시를 태워 주고 안 태워 주는 문제와 다르잖아요. 젊은 나이에 저는 그걸 붙들고 있었어요. 물론 나중에 산부인과 의사 이야기를 듣고 포기하긴 했지만……."

말끝을 흐린 그가 건너편 테이블을 힐끔 쳐다보았다. 아무리 동화되려 해도 내가 그의 처지를 10분의 1이라도 이해할 수 있을까 하는 생각이 잠시 스쳐 갔다.

"텔레비전 공익 광고를 보면 참 희망적으로 얘기하더군요. 장애인도 여자도 모두가 행복하게 살 수 있는 세상이요? 하지만 막상 세상에 나가 보면 그게 아니잖아요. 장애인에게 이 사회는 곳곳에 지뢰가 묻힌 전쟁터나 다름없거든요. 그리고 장애인의 학력이란 게 사실 뻔하지요, 가정환경도 그렇고. 솔직히 좋은 집안에 좋은 대학 나온 여자들도 성차별 운운하는 세상인데, 저 같은 경우는 더 말할 것도 없지 않나 싶어요."

그러면서 그는 장애인에 대한 현실적인 대책으로 장애인 연금 제도를 꼽았다.

"장차법도 좋지만 장애인 연금 제도라면 고루 혜택을 누리지 않을까 싶어요. 먹을 것도 없는 밥상, 반찬 수만 늘리면 뭘 합니까. 한 가지 반찬이라도 제대로 만들어 먹어야지. 안 그런가요?"

장애인 연금 제도에 대한 생각은 경원 씨와 함께 만난 이동화(지체 장애 1급) 씨의 입장도 크게 다르지 않았다. 달포 전 집을 떠나 '다릿돌'에 둥지를 튼 그의 현재 수입은 장애 수당으로 지급되는 12만 원이 전부라고 했다.

"26년 만에 집에서 나와 자립을 시작했죠. 이 돈 12만 원으로 한 달을 살아야 하는 형편이에요."

초등학교 4학년 때 의식을 잃은 뒤 '혈관기형아' 진단을 받았다는 동화 씨가 안경을 손으로 밀어 올리며 말을 이었다.

"나름대로 굳은 의지를 가지고 자립을 해 보겠다고 마음먹은 건데, 솔직히 시간이 지날수록 조금씩 두려워질 때도 있어요. 하지만 이대로 주저앉을 수는 없죠. 큰맘 먹고 시작한 나만의 생활이니까요."

동화 씨는 현재 고입 검정고시를 준비하고 있다. 문제는 월 12만 원으로 어떻게 살아가느냐 하는 것. 시력마저 좋지 않은 그는 이 문제를 해결해 보기 위해 보름 전 인근 구청을 직접 찾아갔다. 하지만 그는 그곳 직원과 상담을 마친 뒤 머릿속이 더 복잡해지고 말았다며 한숨을 내쉬었다.

"기초 생활 수급과 구청에서 관리하는 근로를 신청하려고 했는데요, 구청 직원 말이 근로를 해 소득이 생기면 기초 생활 수급을 받을 수가 없다고 하데요. 그 말을 듣고 나니 어처구니가 없더군요. 구청 근로를 한다고 해서 수급 자격을 가질 수 없다면, 저 같은 사람은 그냥 나라에서 주는 돈에만 만족해야 한다는 얘기잖아요. 기초 생활 수급이 넉넉한 것도 아니고, 무엇보다 일을 하고 싶은데 하지 못하게 한다는 것도 이해가 되지 않았어요."

장애인 문제에 대해 그는 비교적 현실적인 입장을 가지고 있는 편이었다. 자신이 할 수 있는 일과 할 수 없는 일에 대해 분명한 선을 긋고 있었다. 비장애인과 장애인은 우선 신체적인 면에서 다르다는 것이 동화 씨의 생각이었다.

"앞에서 경원이 형도 얘기한 것처럼 장애인은 비장애인의 속도와 능률을 따라갈 수 없어요. 그런 점에서 보더라도 비장애인의 잣대로 장애인을 재려 한다면 장애인 복지는 계속해서 우는 아이 떡 하나 더 주는 선에서 머물고 말 거예요. 그러니까 제 말은 장애인들의 피부에 와 닿는 복지 정책, 이를테면 장애인 연금 제도 같은 것부터 실행했으면 한다는 겁니다."

장애인지역공동체 사무실을 나와 집으로 돌아가는 길이었다. 버스에 오른 뒤 기사에게 말을 걸어 보았다. 그는 기다렸다는 듯 자기 생각을 털어놓았다.

"물론 당연히 태워야 하겠지만 현실이 어디 그래요? 만에 하나 장애인을 태웠다가 불상사라도 나 봐요. 보험 처리로 끝나면 다행이지만 까딱하다가는 아홉 시 뉴스에나 나오지 않겠어요? 그걸 뻔히 알면서 어느 기사가 장애인을 태우려 한답니까. 그뿐이 아니지. 버스 기사들은 배차 시간 때문에 만날 쫓기듯 일을 하잖아요. 그런데 장애인을 태웠다가 배차 시간 늦어지면 회사에서는 물론이고 동료들한테까지 싫은 소리를 들어야 하거든. 아마 택시 기사들도 마찬가지일 거예요. 사납금 채우려고 발버둥 쳐야 하는 사정은 그쪽도 다르지 않으니까."

물론 버스 기사도 장차법에 대해 알고 있었다. 하지만 그는 현실을 무시한 채 법만 들이대는 건 곤란하다고 했다. 법만 만들어져 있을 뿐, 그 법을 제대로 지켜 나갈 사회적인 조건이 전혀 갖추어져 있지 않기 때문이다.

문득, 우리나라에 숱한 장애인들이 있음에도 거리에서 장애인을 만나기 힘든 이유가 바로 대중들의 시선과 사회적인 환경 때문이라던 누군가의 이야기가 떠올랐다. 분명 우리 사회의 일부를 구성하고 있지만, 많은 이들의 시선 밖에서만 활동하고 있는 '보이지 않는 사람들'. 그들과 함께했던 하루가 아프게 저물어 갔다.

사진_이성은

못다 한 이야기

장애인을 자식으로 둔 부모의 심정을 조금은 안다. 성남에 사는 내 계수씨가 바로 그중 한 사람이기 때문이다. 일반 학교와 특수 학교를 놓고 눈물을 흘리던. 전화 통화를 하면 계수씨는 조카 례섭이의 이야기를 곧잘 했다.

그 마음으로 장애인들을 만났다. 아니나 다를까, 오래전 이야기를 들려주는 가운데 그들도 울고 나도 울었다. 경원 씨는 나를 너무 아프게 했다.

우울한 사람들을 자주 만나다 보면 본인마저 우울해지게 된다며, 이 일을 그만두라는 친구가 있었다. 그날 밤 나는 친구에게 이런 말을 들려주었다. 내 그림자가 너무 짙어서 그런 것 같다고. 아직 울어야 할 눈물이 더 남아서 그런 것 같다고.

자연 씨와는 헤어지면서 다음에 꼭 술 한잔 나누자고 했는데 벌써 시간이 꽤 흘러 버렸다. 만나면 또 아프고 우울한 이야기들이 먼저 튀어나올 것임을 물론 잘 알고 있다. 하지만 어쩌겠는가. 귀를 기울이는 일에 소홀하거나 특히 아픈 소리를 마다한다면 그 또한 크나큰 죄가 될 것을.

현행 장차법의 기본적인 문제점은 장차법의 차별을 다루는 국가인권위원회가 독자적으로 시정 명령의 권한을 갖지 않는 것이라고 한다. 시정 명령을 내릴 수 있는 주체는 법무부(장관). 게다가 법무부에서 시정 명령을 내리기 위해서도 각 호의 내용이 매우 까다롭고 최소화되어 있어, 사실상 시정 명령은 명목상의 조항일 수밖에 없다. 그러니까 장차법이 법적인 강제력을 가지려면 그에 맞는 시정 명령이 이루어져야 하지만 그것이 안 되고 있다는 것. 법은 있으나 법이 법대로 적용되지 않고 있는 상황인 것이다. 그런 이유 때문인지 장차법 시행 후 지금까지 시정 명령이 내려진 경우는 한 번도 없었다고 한다.

장애인들이 답답하게 느끼는 것은 이뿐만이 아니다. 기본적으로 우리나라의 장애인 관련 예산은 OECD 국가 가운데 가장 낮은 수준인 것으로 알려져 있다.(GDP 대비 비율) 그런데 이마저도 매년 예산 책정 때마다 온갖 항목으로 깎이고 왜곡되는 등 천덕꾸러기 신세가 되기 일쑤라고 한다. 장애인 문제뿐 아니라 복지 전반에 둔감하거나 무관심한 우리나라 정부의 면모를 여실히 확인할 수 있는 대목이다.

이러한 힘겨운 현실 속에서도 이 땅의 많은 장애인들은 희망의 끈을 놓지 않고서, 자신의 권리를 찾기 위해 싸우며 자립의 의지를 불태우고 있다. 시설에 안주하거나 숨지 않고 스스로 서고자 노력하는 장애인들, 힘겨운 현실을 딛고 사회로 나오려 하는 그들에게, 이제는 사회가 먼저 손을 내밀어야 할 때가 아닐는지.

시키는 건 다 했는데

정숙희, 이춘화, 김미영 씨가 성서공단 노동조
합(이하 공단노조) 사무실에 모습을 드러낸 건 해질 녘이었다. 장
소를 회의실로 옮기자 지난해 겨울 작업 도중 불려 가 "두 달만
쉬라"는 소리를 제일 먼저 들었다는 정숙희 씨가 말문을 열었다.

"오전 작업 하다 말고 불려 갔는데 두 다리가 후들후들 떨렸어
요. 물론 회사가 어렵다는 건 알고 있었지요. 겨울로 접어들면서
작업량이 뚝 떨어졌거든요. 그렇다고 우리가 다닌 회사만 어려웠
던 건 아니잖아요. 세계적인 불황인 데다 성서공단(대구)만 해도

천여 개의 중소기업체가 있는데, 그중에서도 나한테 그 불똥이 떨어지고 보니 하늘이 노랗게 변하는 것 같았어요."

정씨는 두 달만 쉬었다가 다시 나오라는 사장의 말에 입을 다물 수밖에 없었다. 그 자리에서 그가 할 수 있는 말이라곤 "생각해 보겠다"는 것이 전부였다. 하루 이틀도 아니고 다짜고짜 두 달을 쉬라는 통보를 받고 보니 그만 말문이 막혀 버린 것이다. 무엇보다 걱정스러웠던 것은 두 달의 휴직이 과연 휴직으로만 그칠 것인가 하는 염려였다.

피로 회복제 한 병으로 버텨 온 시간들

일손이 잡힐 리 없었다. 머릿속으로는 지난 시간들이 주마등처럼 스쳐 갔다. '그동안 이 회사에서 어떻게 일을 해 왔는데…….' 하는 생각이 머리를 떠나지 않았다. 몇 해 전 자동차 헤드라이트 부품을 생산하는 S기업에 입사했을 때 정씨는 밥 먹듯이 이어지는 잔업 때문에 견딜 수가 없었다. 오후 8시까지의 잔업은 아주 일상적인 일이었고, 자정까지 업무가 계속되는 경우도 허다했다. 하지만 그를 비롯해 30여 명의 직원(여성이 90퍼센트, 연령은 40~50대)은 가타부타 내색 한 번 하지 않았다. 학교에 다니고 있는 자녀들 때문이었다. 그렇게 참고 견디며 한 해 한 해 시간을 보내 온 것이다.

"결혼한 여자들 나이 사오십이면 애들한테 돈 들어갈 일만 남았잖아요. 그러니 어떡해요. 밤 10시든 12시든 시키는 대로 일할 수밖에. 그런데 그날 사장이 나를 다시 불렀어요."

퇴근을 앞둔 무렵이었다. 사무실로 다시 불려 간 정숙희 씨는 마치 큰 죄를 지어 선고를 기다리는 사람처럼 숨이 멎는 듯했다. 아니나 다를까, 사장은 빚쟁이를 닦달하듯 이번엔 아예 협박 조로 나왔다.

"오전에 불렀을 때는 말도 나긋나긋하게 하더니 두 번째는 아니었어요. 사무실로 들어서기 무섭게 지금 당장 이 자리에서 결정하지 않으면 잘라 버리겠다고 하더라고요."

순간 그는 사지가 부들부들 떨렸다. 잘라 버리겠다는 말에 마지못해 대답하긴 했지만, 퇴근을 해서 집으로 돌아오니 그제야 억눌렸던 눈물이 하염없이 쏟아져 내렸다. 이를 본 남편이 무슨 일이냐며 다그치는데도 그는 속 시원히 털어놓을 수가 없었다.

그렇게 휴직인지 해고인지 알 수 없는 실직 상태에 돌입한 정 씨는 답답한 마음에 동생에게 전화를 걸었다. 사정 이야기를 들고 나더니 동생은 백 퍼센트 해고인 것 같다며 사장에게 따지든지 노조 같은 델 찾아가 보든지 하라고 했다.

"온갖 생각이 왔다 갔다 했어요. 가만히 있으면 안 된다고 동생은 난리였지만, 마음 한편으로는 괜히 나섰다가 진짜 해고를 당하면 어쩌나 하는 생각에 선뜻 마음을 먹을 수가 없더군요. 두 달 쉬는 것도 견디기 힘든 일이지만, 그래도 두 달만 얌전히 기다리면 복직을 시켜 주지 않을까 싶은 생각도 들고, 무엇보다 내 인생에 해고 딱지를 붙이고 싶지 않았어요. 아이들 공부도 마저 시켜야 했고요."

그런데 시간이 조금씩 흐르면서 정씨는 생각이 달라지기 시작했다.

"나랑 똑같은 방법으로 사흘 뒤 춘화 씨가 한 달 휴직을 당한 거예요. 미심쩍은 구석이 없는 건 아니었지만 그때만 해도 우리는 회사 사정을 먼저 생각했어요. 정말 어렵긴 어려운가 보다 했죠. 회사 걱정도 됐고요. 그러던 것이 다시 사흘 뒤 미영 씨마저 휴직을 당했다는 전화를 받고는 불길한 생각이 들었어요. 미처 말을 못했는데, 올봄부터 일감이 줄어들어서 우리가 회사 측에 건의를 한 게 있었거든요."

내수와 수출 부품 중 내수를 생산하는 라인이 멈췄을 때였다. 동료들 입에서 파트타임 얘기가 흘러나왔다. 회사가 어려우니 월급은 덜 받고 일은 돌아가면서 하자는 의견들이었다. 하지만 사장은 직원들의 그 의견을 일언지하에 거절했다. 대신 그는 건강이 안 좋은 사람이 있으면 자진해서 쉬라는 말만 되풀이할 뿐이었다.

"지금 생각해 보면 사장은 그때 이미 모종의 감원 계획을 갖고 있었던 것 같아요. 파트타임으로 전환을 해 버리면 직원을 자르기가 어려워지잖아요. 아무튼 회사 측이 춘화 씨에게 약속했다는 한 달을 우선 기다려 봤지만, 한 달이 훌쩍 넘어가도록 회사에서는 전화 한 통 없더군요."

결국 이대로 가만히 있어서는 안 되겠다고 생각한 세 사람은 수소문 끝에 노동청을 찾아갔다. 노동청 직원은 "사용자의 사정에 의해 휴업을 할 경우 사용자는 노동자에게 평균 임금의 70퍼센트에 해당하는 금액을 휴업 수당으로 지급해야 한다"는 이야기와 함께, "휴업 기간이 지난 후 노동자가 복귀 의사를 밝히면 사용자는 즉시 이를 받아들여야 한다"는 법률적인 조언을 자세히 들려주었다.

노동청 직원의 설명을 들은 세 사람은 곧장 회사로 전화를 걸었다. 우선 한 달 휴직을 약속했던 춘화 씨의 복직 문제를 꺼내 놓았더니, 사장은 마뜩찮은 목소리로 회사가 어려우니까 다시 부를 때까지 좀 더 쉬고 있으라는 말만 되풀이할 뿐이었다. 더 이상 참을 수 없었던 세 사람은 그러면 법적으로 보장되어 있는 휴업수당이라도 받아야겠다고 이야기했다. 이에 사장은 격앙된 목소리로 자기가 그런 걸 줄 의무는 없다며 맞불을 놓았다. "어디서 생떼를 쓰냐, 사정을 봐주려고 했는데 안 되겠다, 당장 해고다" 따위 말들을 막말과 함께 덧붙인 것은 물론이었다.

"우리가 순진했던 거죠. 아니면 세상 물정을 너무 몰랐든가. 어떻게 30여 명 식구를 둔 사장 입에서 그런 말이 나올 수 있죠?"

사장과의 통화 후 세 사람은 기죽지 말고 당당히 맞서자며 서로의 손을 움켜쥐었다. 그러기 위해서는 우선 노동법과 관련한 최소한의 지식이 필요했다. 모르면 당하기 십상이고, 세상 어디에도 가만히 있는 사람에게 먼저 손을 건네는 성자는 없었다. 이번에는 셋 중에서 노동법 공부를 제일 많이 했다는 이춘화 씨가 입을 열었다.

"이것부터 고백할게요. 사실 난 그동안 데모하는 노동자들을 색안경 끼고 봤어요. 그런데 내가 직접 겪어 보니까 그게 아니더라고요. 다 세상이 그렇게 만드는 거였어요. 사장이라는 사람이 그걸 뒤늦게 일깨워 준 거죠. 처음 전화를 했을 때는 그렇게 막무가내이던 사장이, 나중에 우리가 공부한 내용을 하나하나 얘기하면서 법적으로 처리하겠다니까, 갑자기 공손해져서는 당장 만나자고 하더라고요. 그 목소리를 듣는데 왜 그렇게 눈물이 나던지."

하지만 사장은 회사로 찾아오는 걸 꺼렸다. 다른 직원들의 눈을 피해 다방에서 만나자고 했다.

"그동안 요령이라도 피워 가며 일했다면 덜 서운했을지도 몰라요. 한데 그게 아니었으니까, 회사가 어려우면 내 처지도 덩달아 어떻게 될지 모른다는 생각에 회사 걱정해 가며 죽어라 일만 해 왔던 걸 생각하니 더 억울하더라고요. 그동안 쌓아 온 신뢰가 와르르 무너진 거죠. 피로 회복제 한 병으로 버텨 온 지난 시간들이 허탈할 뿐이었어요. 우린 하라는 대로, 시키면 시키는 대로 몸 아끼지 않고 열심히 일한 죄밖에 없거든요. 노동법을 공부하면서 보니까 그간 매일같이 야근을 했던 것도 실은 다 법에는 어긋나는 거였는데 말이죠."

내 권리는 내가 지키는 것

눈에는 눈, 이에는 이일 수밖에 없었다. 회사 부근 다방에서 사장을 만난 세 사람은 그동안 발로 뛰며 준비한 서류와 함께 휴업 수당과 퇴직금 등 자신들이 받아야 할 돈의 액수, 그리고 재직 시 사장이 어떤 부당 노동 행위를 했는지에 대해 조목조목 알려 주었다. 그때였다. 사십대 중반의 사장은 어이없게도 이번 일은 없었던 걸로 하고 다시 같이 일해 보자는 제안을 내놓았다. 하지만 세 사람의 반응은 냉담했다.

"상처에도 회복 가능한 상처가 있는 반면 그렇지 못한 상처가 있잖아요. 사장이 쓴 가면을 본 이상 더는 그를 사장으로 생각할 수 없었어요. 사장 눈에 이익이 먼저라면 우리 눈엔 권리가 먼저였으니까요. 그 권리까지 빼앗기며 살고 싶진 않았죠."

이춘화 씨의 격앙된 목소리처럼 사장의 가면은 두꺼웠다. 당장이라도 문제를 해결할 것처럼 굴던 사장은 금세 또 언제 그랬냐는 듯 이들의 연락을 피하기 시작했다. 그러기를 벌써 3개월째, 다소곳이 두 동료의 이야기를 듣고 있던 김미영 씨의 낯빛이 붉어졌다.

"7시쯤 집에서 나와 공장에 도착하면 20분 전 8시예요. 정식 업무 시간은 8시부터지만 사실 일은 그때부터 시작되는 거나 다름없죠. 청소도 일종의 작업의 연장이니까요. 그런데 어느 하루는 퇴근 시간 2분 전에 일을 마쳤다며 난리가 난 거예요. 그랬던 사장이 자기 입으로 한 약속까지 저버리니까 배신감만 쌓이네요. 한창 경기가 좋을 때는 한 달에 하루 쉬면서도 우리 불만 없이 일했거든요."

그들에게 공장에서의 하루하루는 육체를 좀먹는 고통의 시간이었고, 집에 돌아가 쉴 수 있는 퇴근 시간이란 머나먼 강처럼 여겨지곤 했다. 일이 끝나 봐야 언제 집에 돌아갈지 알 수 있었던 하루, 무거운 몸을 이끌고 집에 들어서는 순간 파김치가 된 몸을 자리에 눕히기 바빴던 나날. 휴일도 반납하고 공장 일에 매달려 왔던 터라, 가정을 위해 시작한 일이었음에도 어느새 주객이 전도된 채 가정을 전혀 돌볼 수 없는 형편이 되기도 했다.

나이 마흔에서 쉰, 정숙희 씨를 비롯한 세 사람은 한 회사의 노동자이면서 한 가정의 주부인 동시에, 자녀의 빛나는 생을 위해서라면 자기 몸을 초개처럼 내던지는 어머니이기도 했다. 남편 벌이로는 이 땅에서 가정을 꾸리고 아이들을 가르치는 것이 수월치 않기에 집 밖으로 나와 어떻게든 돈을 벌고자 했던 어머니들.

오죽하면 높은 등록금을 감당하기 위해 부업을 하는 어머니들을 일컬어 모골탑이라는 신조어까지 생겨났을까. 그렇기에 이들은 자신의 몸이 부서질지언정 가정을 위해 자식들을 위해 쥐꼬리만 한 월급이나마 받을 수 있는 직장을 원했고, 그렇게라도 일할 수 있음을 감사히 생각해 왔던 것이다.

어디선가 그런 글을 본 적이 있다. 실직은 경기장을 누비는 11명의 축구 선수 중에서 한 선수가 다른 선수와 교체되는 게 아니라 아예 유니폼을 벗고 경기장을 떠나야 하는 고통이라고. 아닌 게 아니라 실직을 당한 세 어머니의 고통은 자녀들에게 고스란히 돌아갔다. 대학생 자녀들을 뒷바라지하던 이춘화 씨는 더 이상 아이들에게 힘이 되어 줄 수 없었고, 김미영 씨의 남매는 다니던 학원을 그만두어야 했다. 그리고 세 사람 중에서 가장 연장자인 정숙희 씨는 남편마저 격일제로 근무를 하는 터라 생계가 더욱 궁핍해졌다고 했다. 이 점에 대해 이춘화 씨가 한숨 섞인 푸념을 내려놓았다.

"걱정이에요. 우리 집엔 대학생이 둘이나 되거든요. 1년만 더 고생하면 큰애는 졸업을 시킬 것 같았는데 일이 이렇게 될 줄 누가 알았겠어요. 며칠 전 처음으로 서울에 다녀왔는데 딸한테 할 얘기가 없더라고요. 하루 평균 12시간씩 일해 번 돈으로 남편과 두 아이를 겨우겨우 뒷바라지해 왔거든요."

세 사람 모두 자신의 용돈이나 벌자고 시작한 일이 아니었기에, 이야기가 쌓일수록 한숨과 눈물은 바다를 이뤄 갔다. 이춘화 씨가 손수건으로 눈물을 훔친 뒤 이번 일을 계기로 느낀 점들을 솔직하게 털어놓았다.

"여고를 졸업하고 울산에서 몇 년 일한 적이 있어요. 그러니까 결혼하고 나서 처음으로 다시 직장 생활을 한 셈인데 상당히 충격적이에요. 그때와 비교하면 되레 열악해졌다고 할까요. 월급도 최저 임금에 맞춰져 있지, 고용 불안에다 입만 열었다 하면 자른다고 협박하지, 일하는 시간과 강도는 더 세졌지……. 이젠 못 믿겠어요, 대한민국이 발전했다는 말을. 나이 쉰에 피눈물을 흘리며 깨달은 거예요."

그가 다시 눈물을 훔쳤다. 비록 뒤늦게 깨달은 것이지만 세 사람은 자녀들을 걱정하면서도 자신의 권리를 머리에 두었다. 날이 갈수록 세상은 약자들을 더욱 궁지로 몰아 가고 있다는 걸 알게 되었기 때문이다. 나 하나의 억울함을 풀자는 것이 아니라, 각자가 개인의 권리를 찾기 위해 노력할 때만이 이 사회가 조금이라도 달라질 수 있으리라는 걸 늦은 나이에 비로소 뼈저리게 깨닫게 되었다며 세 명의 어머니들은 입을 모았다.

비정규직이라는 시한폭탄

며칠 뒤 R기업에서 일하다 부당 해고를 당한 조은순 씨를 만났다. 마침 그날은 공단노조에서 일하는 김희정(사무국장) 씨도 자리를 함께했다.

"올 4월에 해고를 당했어요. 안경 케이스를 생산하는 업체인데 기본급 80만 원에 빡세게 잔업하면 110만 원까지도 손에 쥘 수 있었지요."

조씨가 하는 일은 안경 케이스에 상호명을 넣는 인쇄 작업. 수작업으로 이뤄지는 이 일을 하다 보면 지독한 시너 냄새 때문에 두통을 달고 살아야 했다. 게다가 하루 작업량만도 평균 5천 개가 되다 보니 조씨는 퇴근 무렵이면 팔이 잘려 나가는 통증을 느꼈다고 한다. 마음 같아서는 진통제 주사라도 한 대 맞고 싶었지만 근무 시간을 이용해 병원에 간다는 건 생각도 할 수 없는 일이었다. 그래서 그는 농담처럼 제약 회사를 걸고 넘어졌다. 진통제를 파는 제약 회사들이 망하지 않고 버티는 이유는 바로 공단 노동자들 때문이라는 얘기였다. 듣고 보니 씁쓸한 여운이 가시질 않았다. 월급에서 매달 건강 보험료가 빠져나가는데도 불구하고 정작 당사자들은 진료조차 받기 어려운 형편인 것이다.

"해고를 당한 건 불량 때문이었어요. A업체로 납품할 케이스를 인쇄해야 하는데 B업체 상호를 인쇄한 거예요. 사실 따지고 보면 그건 불량이라고 할 수도 없어요. (납품일이 걸려 있긴 하지만) B업체 것도 언젠가는 납품할 물량이었거든요. 그런데 다짜고짜 시말서를 쓰라는 거예요."

무엇보다 화가 나는 건 공장장의 태도였다. 그 정도 실수면 자기 선에서 얼마든지 덮을 수 있는 일인데도 그는 사장에게 보고를 하고 말았다. 더욱 황당했던 건, 공장장이 미리 준비한 시말서에 사인만 하면 된다는 소리를 들었을 때였다.

"같은 라인에서 세 명이 함께 불량을 냈는데도 나만 딱 꼬집어 그러니까 배신감을 느낄 수밖에요. 뭔가 꼬투리를 잡았다는 느낌, 그 꼬투리를 빌미로 수순을 밟는 게 아닌가 하는 생각이 들었어요."

조은순 씨의 예감은 적중했다. 이튿날 사장은 시말서에 이어 사직서를 내밀었다. 그 이유를 묻자 사장은 어제 난 불량으로 인해 회사 측이 심각한 피해를 입었다고 했다. 순간 조씨는 속이 부글부글 끓어올랐다.

"직원 자르는 방법도 참 여러 가지더군요. 직원이라고 해 봤자 달랑 18명뿐인 기업체의 행티로는 좀 우습지 않나요?"

달포 전 그날이 상기되는지 조씨가 가만히 고개를 떨구었다. 그러자 옆에 있던 김희정 씨가 몇 마디 거들었다.

"R기업은 현재 조은순 씨의 최저 임금 위반으로 노동청에 고발된 상태입니다. 잔업을 안 했을 경우 월 93만 원을 받아야 하는데도 80만 원밖에 받지 못했거든요. 하지만 문제는 이런 일이 발생했을 때 기업 측에서는 조은순 씨의 그동안 출퇴근 내역을 감추거나 내놓지 않으려 한다는 사실입니다."

작심한 듯 그는 성서공단에만도 S기업과 R기업 같은 업체가 한두 곳이 아니라며 '악질'이라는 표현을 서슴지 않았다. 아울러 그는 부당 해고를 당한 노동자들이 공단노조를 찾아가 문제를 해결하고 싶어도 혹시 자신의 신분이 노출돼 공단에 리스트가 만들어지면 다음 입사에 불이익을 당할까 봐 전전긍긍하고 있다며 이 점을 몹시 안타까워했다.

"부당 해고를 당하고도 상담에서 그치는 경우가 절반 이상이 돼요. 안타까운 실정이지요. 해서 답은 하나밖에 없다고 봐요. 이미 절반을 넘어선 비정규직 문제를 해결하지 않는 한 한국의 노동자 대부분은 시한폭탄을 안은 채 살아가야 한다는 거예요."

사진_ 이성은

지난 5월 인터넷에서 이런 제목의 기사를 발견했다.

'민주노총, 일자리 관련 대정부 교섭 제안'

그 밑으로 '전국민 실업 안전망 구축', '비정규직법 개정 중단
및 권리 보장·정규직화', '고용안정 특별법 제정', '특수 고용
직 노동 기본권 보장' 등의 문구가 눈에 들어왔다.

곰곰이, 그리고 하나씩 뜯어보았다. 겉으로 보기엔 잔뜩 날이
서 있는 말들 같지만 찬찬히 뜯어보니 버릴 게 하나도 없었다.
그야말로 피 같은 제안들이었다.

기사를 읽으며 나는 속으로 이렇게 외쳐 보았다.

'대체 정부를 상대로 한 이 정도의 제안이 무엇이 문제란 말
인가!'

부당 해고자들과의 만남은 눈물바다였다. 만나서 헤어지는 시
간까지 내내 그랬다.

저녁 식사를 마치고 헤어질 때 김미영 씨가 이런 말을 들려주었
다. 1년 내내 사원 모집 공고가 나붙은 기업체는 조심하라고!
적당히 써먹고 버릴 기업체일 가능성이 지극히 높다고! 공단에
는 그런 기업들이 빨래처럼 널렸다고!

다양한 곳에서 다양한 모습으로 일하는 노동자들이 있지만, 성
서공단과 같이 소규모 영세 사업장에서 일하는 노동자들의 경
우 부당한 일을 당했을 때 그 어려움은 배가 될 수밖에 없다. 사
회적으로 관심이 집중될 만한 특별한 사안이 있는 것도 아니고,
그렇다고 이들을 보호해 줄 만한 확실한 테두리가 있는 것도 아
니기에 더욱 그렇다.

이렇듯 억울한 일을 당해도 호소할 데가 마땅치 않은 것은, 소
기업 노동자가 개별 사업장에 노조를 건설하기가 어렵기 때문
인데, 바로 이런 이들을 위해 존재하는 것이 '성서공단 노동조
합'과 같은 지역 노조이다. 지역 노조란 기업의 명칭이나 업무
와 무관하게 해당 지역 노동자 모두가 가입할 수 있는 노동조
합. 지역 노조를 통해 영세 사업장 노동자들은 비로소 자신의
권리를 인식하고 주장할 수 있는 통로를 가지게 되는 것이다.

물론 노조가 있다고 해서 모든 문제를 알아서 처리해 줄 수는
없다. 노조는 조합비만 내면 문제를 해결해 주는 해결사나 자판
기가 아니기 때문. 세 명의 아주머니들이 그러했듯 자신의 권리
를 찾기 위해 포기하지 않고 노력할 줄 아는 자세와 원하는 만
큼 조합원 스스로도 움직일 수 있는 적극성이 필요하다. 그것은
바로 노동자의 권리인 동시에 의무이기 때문이다.

노동상담
5층
585-6200

노동상담 / 부당해고 / 노조가입

✔ 권리는
누군가가 챙겨주는 것이 아니라
우리가 하나 둘씩
찾아 나서야 합니다!

5층으로 올라오십시오.
함께 하겠습니다!!
☎585 - 6200

✔ Stop crackdown!!
- Free Clinic
- Labor Problems Counseling
- Class of Korean Language
☎585 - 6206

성서공단 노동자들의 든든한 울타리
성서공단 노동조합

◆홈페이지 : sungseo.jinbo.net ◆이메일 : sungseo@jinbo.net

날지 못하는 새 날고 싶지 않은 새

   대구광역시 서구 비산동 41-6번지, 보증금 3천
만 원 월세 15만 원에 세 들어 있다는 날뫼 공부방으로 들어서니
동화 수업이 한창이었다. 선생님이 '날지 못하는 새와 날고 싶지
않은 새'에 대해 각자 자신의 생각을 말해 보라고 하자 5학년 준
혁이가 번쩍 손을 들었다.

   "날지 못하는 새는 가능성이 없고요, 날고 싶지 않은 새는 가능
성이 있어요. 마음만 먹으면 언제든지 날 수 있으니까요. 단지 지
금은 날고 싶지 않을 뿐이에요."

준혁이가 자신의 소감을 밝히자 선생님은 전자보다는 후자에 대해 더 많은 예와 설명을 곁들인다. 숨죽인 채 그 광경을 지켜보면서 그런 생각을 해 보았다. '과연 학교에서도 이런 수업이 가능할까?' 수업이 끝나기를 기다렸다가 준혁이에게 물었더니 고개를 설레설레 젓는다.

"아니요, 한 번도 해 본 적 없어요. 영어하느라 바쁘고 공부하느라 바빠요. 동화책을 싫어하는 선생님도 있어요."

마침표를 찍듯 당돌하게 내뱉는 준혁이의 말에 순간 머릿속이 어지러웠다. 어떻게 선생님이 동화책을 싫어한다는 걸까. 그러나 준혁이의 말은 사실이라고 했다. 같은 반 효은이가 준혁이를 거들고 나섰다.

"준혁이 말이 맞아요. 우리 선생님은 예체능은 거들떠보지도 않아요. 동화책 읽을 시간에 영어 공부 더 하라고 소리 지르고 그래요."

대통령이 바뀌면서 들쑤셔 놓은 영어 바람 탓인가, 시도별로 열심히 줄을 세운다는 일제고사의 영향인가. 물론 모든 교사에게 해당되는 이야기는 아니겠지만, 초등학교 때부터 천편일률적인 공부에 시달려야 하는 아이들의 일상이 새삼 아프게 다가왔다.

누구에게나 같은 물결을 지닌 너른 바다

잠시 바람을 쏘일 겸 공부방을 나왔다. '날아온 산'이 마을을 이루었다는 데서 유래된 비산(飛山, 날뫼)동의 비좁은 골목들을 거닐며 20년째 공부방 지킴이를 하고 있는 유창렬 씨와 이런저런 이야기를 주고받았다.

"한국 학교들이 달걀만 많이 낳으면 되는 양계장으로 변한 건 어제 오늘의 일이 아니죠. 저희는 무엇보다 제정구, 박재천 선생님이 씨앗을 뿌린 배달학당의 기본 정신을 지켜 가려고 합니다. 교과서 밖의 공부를 강조하는 것도 그 때문이고요. 아이들이 학교와 부모에게서 받는 스트레스를 더 이상 얹어 주고 싶지 않거든요."

실제로 그는 읽기, 쓰기, 그리기, 만들기, 표현하기 등, 정상을 향한 산보다는 누구에게나 같은 물결을 지닌 너른 바다를 지향하고 있었다. 이렇듯 날뫼 공부방이 학교식 교육보다 아이들의 감성을 길러 주고 마음을 다독일 수 있는 활동에 치중하는 것은, 한편으로는 학생들이 처한 환경을 누구보다 잘 알고 있기 때문이기도 했다.

현재 공부방을 찾는 25명의 학생 중 기초 생활 수급자가 8명,

파산 절차를 밟고 있는 가정의 아이 4명, 한부모 아이가 5명이나 되는 것이다. 유창렬 씨의 설명에 따르면 2004년 213개이던 전국의 공부방은 현재 3,500여 개로 증가했다고 한다. 과연 이 수치는 무엇을 의미하는 것일까?

"대통령을 위시해서 어른들 대부분이 경제, 경제만이 최고인 것처럼 말하지만 우리가 잊고 사는 게 하나 있지요. 그 틈바구니에서 수많은 아이들이 신음하고 있다는 사실 말입니다. 해마다 공부방이 늘어나고 있다는 건 그 증거이기도 해요. 실제로 공부방을 운영하면서 보니까 IMF 때 태어난 아이들이 가장 힘든 것 같습니다. 제2의 6·25를 겪은 것 같다고 할까요."

내친김에 공부방에 나오는 학생들 중에서 그 부모님을 한 분 만나 보고 싶다며 운을 떼자 유창렬 씨가 앞장을 섰다.

올해 마흔이 된 정수미 씨는 가정 형편이 넉넉지 못해 중학교 2학년, 초등학교 1학년인 두 아들을 공부방에 보내고 있다. 다세대 주택 2층 문을 열고 들어서자 약 8평이 될까 말까 한 실내가 한눈에 들어왔다. 네 식구가 살기에는 턱없이 비좁아 보였다. 월 18만 원을 내고 산다는 셋방. 쑥쑥 크는 아이들을 위해서라도 이 방이 두어 뼘만 더 넓었으면 하는 마음이 간절했지만, 사연을 듣고 보니 지금의 이 셋방도 감지덕지가 아닐 수 없었다. 여상을 졸업한 뒤 용접공 남편을 만난 정씨는 1997년 이후부터 지금까지 되는 일 없이 쫓기는 신세로 10년 이상을 살아온 것이다.

"용접 일을 하던 남편이 허리를 다친 뒤 시어머니 권유로 중화요리 식당을 시작했어요. 그런데 장사가 좀 되는가 싶더니 엉뚱하게도 주인이 건물을 담보로 대출을 받아 외국으로 도망가 버렸지 뭐예요. 권리금은 물론이고 보증금도 한 푼 못 받고 쫓겨나야 했지요."

시작부터 일을 너무 크게 벌인 탓이었을까. 경매가 붙은 뒤 빚잔치를 마치고 나자 외환위기가 터졌다. 신용카드 대출까지 받은 터라 정씨와 남편은 금세 신용불량자로 전락하고 말았다. 이후 네 가족은 전입 신고조차 하지 못한 채 무려 네 해를 숨어 지냈다. 그러다가 얼마 전에야 비로소 인권운동연대의 도움으로 관할 법원에 파산 신청서를 제출할 수 있었다. 숨어 사는 네 해 동안 이런 제도가 있는 줄도 모른 채 그저 쫓겨 다닐 생각만 했다는 정씨. 현재 부부는 손에 현금이 들어오는 막일과 대리운전, 전단지 돌리는 일 등을 하고 있는데, 쉴 새 없이 닥치는 대로 일을 해도 형편은 좀처럼 나아질 기미를 보이지 않는다.

"이곳으로 이사 와서 4년째 살고 있는데 아이들한테 제일 미안해요. 공부 잘하라고 야단만 칠 뿐 정작 학원 보내는 건 꿈도 못 꾸거든요. 학원은커녕 일하느라 바빠 아이들을 제대로 돌봐 주지도 못하는 형편이니……."

다음 날 만난 정수미 씨의 큰아들 진욱이는, 그러나 그런 엄마에 대한 원망은 전혀 갖고 있지 않았다. 아직은 어린 나이이건만 엄마 아빠가 얼마나 힘겹게 가족을 이끌어 가고 있는지를 어렴풋

이 알고 있기 때문인 듯했다. 대신 학교 선생님들에 대한 푸념을 길게 늘어놓았다.

"비교하는 게 안 좋다는 건 알지만 학교 선생님들은 너무 무서워요. 공부 좀 하는 친구가 떠들면 그냥 넘어가는데 안 그런 친구(여기에는 자신도 포함된다고 했다.)가 떠들다 걸리면 공부도 못하는 주제에 떠든다고 막 때려요. 그리고 그런 식으로 하려면 당장 학교 그만두라고 반 친구들 앞에서 모욕까지 줘요."

한 학년이 다 지나도록 선생님으로부터 면담조차 받아 본 일이 없다는 진욱이, 이제 중학교 2학년인 진욱이는 학교에서 돌아온 뒤 대부분의 시간을 공부방에서 보낸다. 공부방이 아니면 달리 갈 곳이 없기 때문이다. 그마저 공부방이 문을 닫는 밤 시간이면 집에서 동생과 둘이 부모님을 기다리거나 자기들끼리 잠들어 버리는 날도 많다고 한다.

공부방이라는 작은 샘

이틀 후 찾아간 북구 대현동의 감나무골 공부방. 이곳은 비산동의 날뫼와는 다르게 도서관까지 갖추고 있고 규모도 좀 더 큰 편이었다. 대학생 자원봉사자들이 찾아와 국영수를 가르쳐 주기도 한다. 이에 대해 감나무골 공부방의 배주현 씨는, 학생들을 위해서이기도 하지만 경제적인 여건 때문에 학원에 보낼 수 없는 부모님들의 짐을 조금이나마 덜어 주기 위해서라고 말했다.

그곳에서 한눈에도 또래 엄마들에 비해 나이가 많아 보이는 현국이 어머니를 만날 수 있었다. 늦은 나이에 현국이를 낳은 어머니는 쉰을 훌쩍 넘긴 지금도 여전히 식당 일을 하면서 생계를 꾸려 가고 있다. 현국이 아버지는 반년이 넘도록 일손을 놓고 있는 형편이라 했다. 게다가 가부장적이고 억압적인 남편 때문에 집안 분위기는 늘 살얼음판을 걷는 것 같다며 길게 한숨을 지었다.

"왜 못된 마음을 안 먹어 봤겠어요. 남편은 저러고 들어앉아 애들이나 괴롭히지, 아이들은 엄마를 할머니라고 부를 만큼 어리지……. 교회라도 나가지 않았다면 아마 버티기 힘들었을 거예요."

돈 한 푼 못 벌어 오는 남편과 자신의 처지를 생각하면 하루에도 몇 번씩 집을 뛰쳐나가 버리고 싶다는 현국이 엄마 김수자 씨.

그의 말을 듣고 있노라니 날뫼 공부방에서 유창렬 씨가 들려준 이야기가 떠올랐다. 이런 생각을 갖고 있는 어머니들 때문에 공부방에서는 수시로 자모회를 연다고 했다. 두 해 전 유창렬 씨는

몹시 위태로워 보이던 한 어머니가 결국 집을 나가 버려, 아이들을 시설로 보낼 수밖에 없었던 쓰라린 경험을 했던 것이다. 그나마 김수자 씨는 신앙으로 버티고 있는 셈이었다.

당장 급한 걱정은 새 학기가 되면 마련해 줘야 할 아이들 참고서라며 힘없이 미소를 짓는 김수자 씨. 먹고살기도 빠듯한 상황에 기본적으로 들여야 할 교육비마저 감당하기가 어려운 형편이었다. 그런 만큼 현국이 어머니는 공부방 이모들에게 더 고맙고 미안해질 뿐이라고 했다. 부모인 자신도 손쓸 수 없는 곳까지 세심한 배려를 아끼지 않는 공부방 자원 교사들의 모습을 그간 보아 왔기 때문이다.

"고맙고 너무 미안하니까 공부방을 찾아갈 수가 없어요."

같은 날 만나 본 정지연 씨의 처지도 크게 다르지는 않았다. 맞벌이를 하고 있는 그는 남편의 첫 번째 부인이 아니다. 그러니까 정지연 씨는 쌍둥이인 은수와 은영이(초등4)의 계모인 것. 그는 아이들에게 그저 미안한 마음뿐이라고 했다.

"마음하고 현실이 자꾸 엇나가니까 안타까워요. 재취로 들어갔을 때 은수와 은영이는 무척 어렸거든요. 아이들이 너무 안쓰러웠고 잘해 주고 싶었어요. 하지만 그게 마음처럼 잘 되지 않네요.

아침 7시에 출근해 밤 10시쯤에 퇴근해 들어가면 아이들은 자고 있거든요. 얼굴도 못 보고 하루를 보내는 날이 많아요. 새엄마로 들어왔으면 애들 머리도 빗겨 주고, 옷도 입혀 주고 그래야 하는데……."

그러면서 그는 어쩌면 아이들이 지금도 불안에 떨고 있을지 모른다며 걱정을 했다. 쌍둥이 남매에게 엄마란 언제 또 집을 나가 버릴지 모르는 존재이기 때문이다. 하지만 정지연 씨는 공부방에 대한 믿음으로 그나마 마음을 놓고 있었다. 어느 날은 은수가 공부방 삼촌과 함께 목욕탕에 갔었다고 자랑을 하는데, 그 소리를 듣는 순간 코끝이 찡해지더란다. 부모인 자신도 아이들과 함께 목욕탕을 다녀온 기억이 가물가물했기 때문이다.

다음 날 만나 본 은수는 제법 엉뚱한 구석이 있는 아이였다. 드라마 〈아내의 유혹〉에 빠져 있다기에 그 이유를 물었더니 원래 부인을 버리고 다른 여자와 재혼하는 내용이 재밌다고 했다. 그러고는 문득 학교에서 하는 일기장 검사 이야기를 꺼내 놓았다.

"학교에서 일기장 검사 좀 안 했으면 좋겠어요. 제 얘기 쓰는 게 창피하고 쪽팔리거든요."

사진_ 허태주

못다 한 이야기

어린이와 청소년을 대상으로 하는 취재는 늘 어렵다. 어른들을 만날 때보다 몇 배로 긴장되고 예민해질 수밖에 없다. 혹시라도 상처를 주면 어쩌나 하는 조바심 때문이다. 이번 취재도 그랬다. 그러다 보니 어쩔 수 없이 아이들보다는 부모나 자원 교사 중심으로 취재를 할 수밖에 없었던 것이 약간의 아쉬움으로 남는다.

취재를 하면서 만난 자원 활동가들의 이야기를 빌자면, 외환위기 이후 날뫼나 감나무골 같은 공부방이 기하급수적으로 늘어났음에도 최근 들어 정부의 지원은 오히려 줄어드는 추세라고 한다. 열악한 환경 속에서 돈벌이에 연연하지 않고 가난한 공부방을 지키는 교사들, 그들에게 힘차게 박수를 보내고 싶다.

내친김에 하나 더 짚고 넘어가야겠다. 무려 세 곳의 사회복지관과 두 곳의 초등학교를 직접 찾아갔는데도 그들은 하나같이 취재를 거부했다. 인권을 다루는 취재라 껄끄럽다는 것이었다. 나는 그들의 변명을 도둑이 제 발 저린 것으로 받아들였다.

IMF 이후 경제 위기의 후폭풍은 저소득층 아이들에게 큰 위험으로 다가왔다. 수많은 아이들이 부모가 없는 집에 방치되었고, 그중 일부는 자연스레 범죄의 대상이 되거나 주체가 되어 버렸다. 학교에서 운영하는 방과 후 교실과 공부방(지역아동센터)의 중요성이 커진 것도 이 때문이다. 2004년부터 정부의 지원을 받기 시작한 공부방은 2008년 기준 3천 개가 넘는 시설이 운영 중이고, 9만여 명의 아이들이 이곳에서 돌봄을 받고 있다. 그러나 여전히 수많은 저소득층 아이들이 아무런 돌봄을 받지 못한다. 빈곤 상태에 놓인 115만 명의 아이들 중 사회로부터 보호를 받고 있는 아동은 44만여 명. 70만 명이 넘는 아이들이 빈곤이라는 위험에, 그리고 사회로부터의 무관심에 방치되어 있는 것이다.

상황은 이러하지만 최근 들어 공부방에 대한 정부의 지원은 오히려 줄어들고 있다. 근본적으로는 세수가 부족하기 때문인데, 종합부동산세 무력화 등의 감세 조치로 지방 재정이 약화되었고, 4대 강 사업 등에 기하급수적인 금액이 배정되면서 이래저래 취약 계층을 위한 예산은 줄어들 수밖에 없는 형편이다.

공부방에서 아이들을 가르치는 활동가들은 대부분 자원봉사자이거나, 한두 명 배치된 상근자의 경우 평균 70만 원을 넘지 못하는 박봉에 시달리고 있다. 언제까지 우리는 사회가 해결하지 못하는 문제를 그들의 희생에만 기댄 채 방치해 둘 것인지. 더구나 공부방이라는 그늘조차 누리고 있지 못한 이 땅의 많은 아이들을 생각하면 그저 한숨만 나올 뿐이다. 사회와 국가가 아이들을 돌보지 못함으로 인해 먼 훗날 우리는 어떤 대가를 치르게 될지, 모두 함께 곰곰이 생각해 봐야 할 때이다.

이게 어디 직장이야

새벽 5시 40분, 김행숙 씨가 집을 나섰다. 여섯 명의 승객이 전부인 첫 버스를 타고 도착한 곳은 G병원 보일러실. 김씨가 옷을 갈아입는 동안 보일러실은 기차가 터널을 지날 때처럼 목청껏 묻거나 대답하지 않으면 단 한 마디도 알아들을 수 없을 만큼 소음으로 가득 차 있었다. 김씨는 그 보일러실이 G병원에 근무하는 청소원들의 탈의실 겸 쉼터라고 했다.

작업복으로 갈아입은 김씨가 서둘러 보일러실을 빠져나갔다. 엘리베이터를 타고 올라간 7병동은 고즈넉했다. 각종 청소 도구

와 화장지가 실린 수레를 앞세운 그는 의사 당직실을 시작으로 회의실, 간호실, 배선실, 운동실, 화장실 등 무려 십여 곳을 분주히 오갔다. 그는 사람이 아니라 기계처럼 움직이는 듯했다.

새벽부터 그는 쫓기듯 일을 하고 있었다

얼추 한 시간쯤 지났을까. 요즘 들어 자꾸 기력이 떨어진다며 혼잣말을 하던 김씨가 일손을 멈추더니 가쁜 숨을 몰아쉬었다.

"일을 좀 느긋하게 하면 좋으련만 그게 어디 내 마음처럼 돼야 말이지. 싫은 소리 듣지 않으려면 직원들이 출근하기 전에 청소를 마쳐야 하거든."

아닌 게 아니라 그는 식전부터 쫓기듯 일을 하고 있었다. 한 병실에 비치된 환자용 쓰레기통만도 6~8개, 그는 스무 곳이 넘는 병실의 쓰레기통을 말끔히 비운 뒤 다시 비닐봉지를 씌웠다. 병실 입구에는 감염성 폐기물을 담는 쓰레기통이 따로 비치돼 있었는데, 그 안에는 피고름이 엉겨 붙은 거즈와 솜, 붕대, 주사기, 수액 세트가 들어 있었다. 그의 말에 따르면 7병동은 뇌수술을 받은 환자가 대부분이어서 청소하는 데도 그만큼 위험이 뒤따른다고 했다.

"병원 청소 중에서 지금 하는 이 일이 제일 신경 쓰이는 일이야. 잠시라도 한눈팔았다간 큰일 나거든."

실제로 지난해 가을 한 청소원이 주사기에 찔려 감염되는 사고가 발생했다고 한다. 하지만 그 청소원은 보상을 둘러싸고 그만 탁구공 신세가 되고 말았다. 병원 측에서는 청소 용역 업체로 공을 떠넘겨 버렸고, 용역 업체에서는 그 공을 받을 수 없다며 버티기로 일관한 것이다. 시간이 흐른 뒤 병원과 용역 업체 측이 한 발짝씩 양보하면서 겨우 해결의 실마리를 찾긴 했지만 그동안 그 청소원이 겪은 마음고생은 이루 말할 수 없는 것이었다. 정신적 충격까지 겹친 그는 끝내 일터를 떠나고 말았다.

결코 남의 일이 아니라는 듯 한숨을 내쉬던 김행숙 씨가 수레에서 꺼낸 종량제 봉투에 감염성 폐기물을 담기 시작했다. 조금 전 비로 쓸고 밀대걸레로 바닥을 닦을 때와는 사뭇 다른 광경이었다. 그의 손놀림은 눈에 띄게 조심스럽고 더뎌 보였다. 그 일을 다 마친 김씨가 지나가는 바람처럼 한마디를 툭 던졌다.

"병원에서 일한 지 3년 정도 됐는데 처음엔 그만둘까 했어. 병실에서 나온 쓰레기를 치우는데 구역질이 그치질 않는 거야. 잠자리까지 뒤숭숭하고."

분리수거를 마친 김씨가 쓰레기들을 엘리베이터에 싣고 1층 소각장으로 향했다. 그사이 날이 밝아 오고 있었다. 하지만 그는 미처 허리를 펼 짬도 없이 7층으로 다시 올라가더니 휴게실로 종종걸음을 쳤다. 환자들 밥차가 뜨기 전에 휴게실 청소를 마쳐야 한시름 놓을 수 있다는 말과 함께.

그의 말대로 밥차는 휴게실 청소를 마친 뒤에 모습을 드러냈다. 8시를 넘어서고 있으니 출근과 함께 꼬박 두 시간을 일한 셈이었다. 그는 그제야 '쓰레기 버리는 곳'에서 밀대걸레를 빨아 세워 둔 뒤 식당으로 향했다. 출근 전이라 식당은 한산했다.

한 끼 천 원짜리 식단으로 아침과 점심을 그냥저냥 때운다는 김씨가 무국에 밥을 말아 후루룩 식사를 마친 뒤였다. 자판기에서 커피를 뽑아 오자 그는 이마에 돋은 땀방울을 훔치며 남편 이야기를 꺼냈다.

"우리 남편, 환자야. 3년 전 수술하면서 인공 관절을 넣었는데 그 뒤로 아무것도 못하고 있어."

남편의 평생직장이었던 가내 공업을 정리한 건 그 무렵이었다. 다행히 두 딸은 출가시켜 큰 걱정은 덜었지만 정작 노후를 준비 못한 부부는 당장 먹고사는 일이 걱정이었다. 나이마저 오십대 중반을 넘어선 터라 그의 어깨는 한없이 무겁기만 했다.

2006년 여름 아는 이의 주선으로 G병원 청소원이 된 김행숙 씨는 이듬해에 깜짝 놀랄 만한 일을 경험하였다. 입사 후 1년이 다 지나도록 66만 원에서 멈춰 있던 월급이 어느 날 갑자기 81만 원으로 껑충 뛴 것이다.

"어찌나 신통방통하던지. 노조가 그런 거야? 노조가 생기면서 월급도 15만 원이나 올랐지, 할 말은 하고 살아야 한다는 자신감도 생겼지, 난생처음 용역 업체 사장한테 내 입장도 펼쳐 봤지……. 그런 세상이 올 거라고는 생각도 못해 봤는데 말이야."

그중에서도 가장 피부에 와 닿은 건 용역 업체 직원들의 태도 변화였다. 청소원 노조가 결성되기 전만 해도 성희롱에 막말은 예사고, 고용 기간이 아직 남았는데도 불구하고 '잘라 버린다'는 말을 입버릇처럼 달고 다닌 그들의 모습은 노조 결성 이후 차츰 자취를 감추었다. 그러고 보니 지난 3월 세계 여성의 날을 맞아 서울에 다녀왔다는 김행숙 씨의 음성이 사뭇 들떠 보였다.

"노조가 없었다면 언감생심, 예순이 낼모레인 내가 무슨 수로 시청 앞 대로를 행진할 수 있겠어? 꿈만 같더라니까. 그날 청계천도 가 보고 덕수궁도 구경했는데 다시 태어난 기분이었지."

마치 소풍에서 돌아온 소녀처럼 서울에 다녀온 이야기를 주절 주절 늘어놓던 그가 식당 벽시계를 올려다보았다. 그리고 잠시 후 다시 입을 열었다.

"하지만 노조가 생겼다고 해서 모든 게 해결된 건 아니야. 월급도 많이 오르고 여러모로 좋아지긴 했지만 아직 가야 할 길이 멀어. 나는 6시에 일을 시작해서 오후 3시 반에 퇴근하는데 문제는 쉬는 날이야. 매주 평일에 하루 쉬는 걸로 돼 있지만 그게 어디 제대로 지켜져야 말이지. 입퇴원하는 환자가 많은 날은 휴일마저 고스란히 반납해야 하거든."

그러면서 그는 1년 앞으로 다가온 정년퇴직을 걱정했다. 지금까지는 자신이 일해서 가계가 돌아가고 있지만 내년이면 그마저도 어렵게 됐다며 말끝을 흐렸다.

"큰일이야, 남편한테 들어가는 약값만도 한두 푼이 아닌데……."

꽃 피는 봄에 그는 겨울을 살고 있었다

다음 날 만난 박원식 씨의 사정도 크게 다르지는 않았다. 아파트 주차장에서 일하는 그는 청소원들의 잦은 이직 얘기를 먼저

232

꺼냈다.

"두 해 만에 벌써 세 곳을 옮겨 다녔는데 이 바닥이 그래. 한 푼이라도 더 주겠다는 곳이 나타나면 미련 없이 떠나게 돼 있어."

처음 듣는 얘기는 아니었다. 청소원 월급은 70~90만 원 안팎으로, 그들은 노동 시간과 강도에 상관없이 몇 만 원이라도 더 주겠다는 곳이 나타나면 기차를 바꿔 탈 수밖에 없는 처지였다.

"그러니 이걸 직장이라 할 수 있겠나. 집에서는 가장일지 모르지만 출근하면 모든 게 서러움으로 바뀌지. 한 가닥 자부심에 앞서 잠시 소나기를 피해 숨어든 헛간 같다고 할까. 바로 내 일터가 그렇다네."

오전 7시에 출근해 오후 4시경 퇴근한다는 그의 일터는 몹시 추웠다. 4월인데도 박씨는 두툼한 방한복을 입고 있었다. 햇살 한 줌 비치지 않는 지하 주차장에서 일하는 탓이었다.

집에서 싸 온 도시락으로 점심을 때운 박씨가 담배를 피우는 사이 주차장을 둘러보았다. 지하 3층으로 된 주차장은 그 면적이 축구장을 연상케 할 만큼 넓었다. 한 층에 150여 대의 차를 주차한다고 했으니 박씨 혼자서 청소를 하려면 손이 많이 모자라 보였다. 지하 3층까지 둘러본 뒤 궁금했던 걸 묻자 박씨의 대답이

명쾌하게 돌아왔다.

"탑승식 청소기가 한 대 있긴 한데 그 기계의 역할은 반 정도? 나머지는 사람 몫이야. 정신없이 일하는 수밖에 없지 뭐."

조금 전 도시락을 먹었던 유수검시장치실 문을 열어 둔 채 박씨가 주차장을 빠져나가는 승용차를 물끄러미 지켜보고 있었다. 그의 시선이 예사롭지 않았다.

"내가 여기 오기 전에 좀 안 좋은 일이 있었던가 봐. 주차장 바닥에 엔진 오일이 떨어졌던 모양인데, 그걸 잘못 밟은 아파트 주민이 넘어져서 구급차에 실려 갔다지 아마. 청소원 잘못이라고 할 수는 없지만, 또 굳이 책임을 따지자면 우리한테 화살이 돌아오니 바짝 신경을 쓸 수밖에."

승용차가 빠져나간 자리를 수시로 점검하는 이유는 그것 말고 또 있었다. 차들이 빠져나간 자리에는 의외로 과자 봉지와 담배 꽁초가 눈에 많이 띄었는데, 지난해 가을 박씨가 아파트로 통하는 입구마다 쓰레기통을 비치한 것도 사실은 그 때문이었다. 새로이 일을 시작한 그로서는 좀 더 효율적인 방법을 생각하지 않을 수 없었는데, 다행히 주민들의 반응은 괜찮아 보였다. 쓰레기통을 놓은 뒤 주차장 바닥에 버려진 쓰레기가 눈에 띄게 줄어든

것이다. 하지만 그건 깜짝 쇼에 불과했다. 쓰레기통이 생긴 지 한 달이 가까워 올 무렵의 일이었다.

"쓰레기통에 뭐가 잔뜩 버려져 있어서 봤더니, 글쎄 집에서 나온 생활 쓰레기를 여기다 버려 놨지 뭐야. 기저귀에 화장실 쓰레기까지 들어 있더군. 주민들이 아파트를 나설 때 들고 와서 버린 게지. 처음 몇 번은 그냥 말없이 치웠는데 이게 한 번으로 끝나지

가 않아. 결국 다시 쓰레기통을 없애 버렸지 뭐."

박씨가 허탈한 웃음과 함께 자조적인 한마디를 덧붙였다.

"가정에서 제일 하기 싫은 일이 설거지와 청소라고 하던가. 그 일을 지금 내가 하고 있는 거잖아. 때로는 이렇게 황당한 일도 겪긴 하지만 내 팔자가 그런 걸 뭐 어쩌겠나."

차들이 빠져나간 바닥을 한참 동안 쓸고 난 다음, 박씨가 갑자기 생각났다는 듯 불쑥 용역 업체 이야기를 꺼냈다.

"20년 가까이 이 일을 해 봐서 아는데 청소원은 그야말로 추풍 낙엽이야. 고용 기간 연장 때면 용역 업체가 휘두른 칼에 청소원 밥줄이 왔다 갔다 하잖아. 이런 마당에 어느 놈이 싫으면 싫다 소리를 하겠으며, 하물며 자기 일에 자부심을 갖고 일하겠어. 그뿐이 아냐. 용역 업체 놈들 횡포라는 게 짐작은 하겠지만 이만저만이 아니거든."

박씨의 대찬 음성에 절로 고개가 끄덕여졌다. 2008년 말 대구 지방 노동청이 대구 지역 청소·경비 용역 업체를 대상으로 실시한 노동 관계법 위반 여부 조사 결과 감독 업체 69개 중 57개(82.6 퍼센트) 업체가 적발됐던 것이다. 위반 사항을 보면 근로 조건 서면 미명시(30곳), 취업 규칙 미신고(26곳), 최저 임금법 위반(24

곳), 노동 관계 서류 미작성·미보존(17곳), 성희롱 예방 교육 미실시(11곳) 순으로 나타났는데, 문제는 이 같은 결과를 비웃기라도 하듯 매년 아웃소싱(외주화) 사례들이 늘고 있다는 점이다. 작심한 듯 박씨가 이 점에 대해 일침을 놓았다.

"용역 업체 말인데 힘없고 백 없는 사람들 모집해서 피 빨아먹는 곳 아냐? 옛날에도 삼칠제니 사륙제니 하면서 소작농들 등골깨나 빼먹었잖아. 아닌 말로 내가 한 달 죽어라 일해서 76만 원을 받아 가면 용역 업체는 얼마를 가져갈 것 같은가. 아마 모르긴 해도 6대 4는 될 걸세. 5대 5라는 소리도 들었고. 그래서 하는 말인데 흡혈귀나 다름없는 그딴 것들 없애려면 하루빨리 직고용제를 실시해야 하네. 그래야 나처럼 가난하고 힘없는 사람들 덜 억울할 것 아닌가!"

그것은 비단 박원식 씨의 갈망만은 아니었다. 그동안 만난 청소원 대부분은 가장 먼저 해결돼야 할 과제로 직고용제를 꼽았다. 자신들이 뼈 빠지게 일한 노동의 대가가 중간에서 썰물처럼 빠져나가고 있다는 게 그 이유였다.

주차장 청소는 무엇보다 말벗이 없어 적적하다는 박원식 씨를 뒤로하고 버스 정류장으로 향했다. 벚꽃이 흐드러지게 핀 도심에

는 반팔 차림의 사람들이 제법 눈에 띄었다. 순간 박원식 씨의 방한복 차림이 아지랑이처럼 피어났다. 꽃 피는 봄에 그는 겨울을 살고 있었다.

선결되어야 할 과제, 직고용제

버스에서 내려 찾아간 곳은 K대학이었다. 화학관 4층 건물 청소를 담당하고 있는 정동순 씨는 두 아들(대학1, 고2)을 둔 40대 중반으로, 그는 지금 자신이 하고 있는 일에 만족을 느낀다는 보기 드문 청소원이었다.

"여긴 대우가 제법 괜찮은 편이거든요. 대학교라서 그런지 시비를 거는 사람도 없고요. 여기 쉼터도 꽤 아늑하잖아요."

그의 말처럼 세 평 남짓한 쉼터는 아늑하고 따뜻했다. G병원에서 일하는 청소원들의 소원대로라면 K대학 쉼터는 점심 식사를 마친 뒤 잠깐 눈을 붙이기에도 그만이었다. 또한 이곳은 급여도 월 90만 원에, 상여금만도 200퍼센트나 되었다.

"좋은 조건 때문인지 이 학교는 청소원 되는 것도 경쟁이 무척 심해요. 저도 지난해 가을에 어렵게 들어왔는데 정년퇴직 때까지 여기서 일하는 게 소망이에요. 토일요일은 물론이고 국경일에도 쉴 수 있거든요. 청소 일 하면서 이런 직장 만나기는 그야말로 하늘의 별 따기죠."

달력의 빨간 숫자는 다 쉰다는 그의 말 때문이었을까. 나흘 전에 만난 권영숙(전국여성노동조합 대구경북지부 사무국장) 씨의 말이 머리를 스쳐 갔다.

"직고용제가 최선이긴 하지만 현재로서는 K대학이 차선의 모델이라고 할 수 있어요. 적어도 그 정도 근무 조건은 돼야 청소원들이 웃으면서 일할 수 있지 않을까요?"

그렇다고 마냥 이곳을 치켜세울 일만도 아니었다. 한 해 가운데 청소원에게 가장 두려운 달은 12월로, 연말을 기해 불어닥치는 용역 업체의 재계약 절차는 서슬이나 다름없기 때문이다. K대학 청소원이 되고부터 마음의 평정을 되찾았다는 정동순 씨도 모든 칼자루를 용역 업체가 쥐고 있는 고용 기간 연장에 대해서만큼은 시무룩한 표정이었다.

"재계약이 안 되면 어쩌나 하는 걱정, 이건 겪어 보지 않은 사람은 몰라요. 마치 시한부 인생을 사는 것처럼 12월이 다가오면 피가 마를 지경이거든요."

사진_이성은

보고 문학의 괴로움과 신선함은 시간이다. 늦은 밤이든 꼭두새
벽이든 누군가 부르면 달려가야 한다. 파닥거리는 땀방울과 고
통을 만나려면 더욱 그렇다. 남들이 깊은 잠에 빠져 있을 때 새
벽처럼 깨어 있어야 한다.

이번 청소원 취재 역시 그랬다. 덩치가 큰 병원은 곳곳에 CCTV
를 설치해 두었는데, 바람은 그물에 걸릴지언정 르포 작가는 그
마저도 피할 줄 알아야 한다. 세상과 내가 벌이는 술래잡기의
연속이라고 할까. 보여 주는 것만 볼 수 없다. 가로막고 있는 것
들을 뛰어넘어야 하고, 덮으려 하는 것이 있다면 까발려야 한
다. 대개 그것들은 반드시 짜내야 할 피고름이기 때문이다. 펜
이 총보다 강하다는 말이 괜히 나왔을까.

청소원들을 만나는 동안 문득문득 이런 생각이 들었다. 과연 청
소원들에게 국가란 무엇일까. 반신반의하던 중 고개를 내저었
다. 국가의 필요성을 느끼지 못한 탓이었다. 버젓이 중간 착취
자를 세워 놓고 서민의 피나 빨아먹는 용역 회사들을 국가가 수
수방관하고 있다면 대체 그 국가란 무엇이란 말인가!

함께
나누는
생각

병원 청소원 김행숙 씨가 증언해 주듯이, 노동자들은 스스로의 권리를 지키기 위해 노동조합을 설립하고 스스로 자신의 처우를 개선해 나갈 수 있다. 그러나 사실 열악한 노동 조건에 있는 이들이 노조를 결성하기란 쉽지만은 않은 일이다.

실제로 2008년 서울의 한 대학에서는 청소원 노조를 설립했다는 이유로 해당 청소원 전원이 해고되는 일이 벌어지기도 했다. 그것도 직접 해고 통보를 하지 않고 생활 정보지에 구인 광고를 내는 어이없는 방법을 통해 해고를 단행했다. 노동자들에게 노조 결성이 얼마나 큰 대가를 요구하는 일인지를 잘 보여 준 사례라 할 수 있다.

그러나 당시 청소원 아주머니들은 이에 굴하지 않고 싸움의 길을 선택했다. 더욱 의미 있는 일은 이런 부당한 사태에 대해 해당 학교의 학생들이 연대하여 큰 힘을 보탰다는 것. 학생회의 투쟁 동참은 물론, 부당 해고를 막기 위한 서명 운동에 대다수의 재학생이 참여했다는 기사를 보며 많은 이들이 새로운 희망의 기운을 느끼기도 했다.

힘겨운 일이지만 자신의 권리를 찾기 위해 스스로 노력하는 것, 그리고 그러한 노력을 비난하거나 모른 체하지 않고서 그 싸움에 함께하는 것. 사회를 변화시키는 힘은 그리 거창한 데서 나오는 것만은 아니지 않을까.

재영 씨의 빵과 자유

        함경도에서 나고 자란 재영 씨가 한국에 온 건 2004년 봄이었다. 한국의 드라마와 영화를 접한 건 열여덟 살 때로, 드라마 〈올인〉과 영화 〈올가미〉는 그에게 적잖은 충격을 안겨주었다. 알고 있는 것과는 너무도 다른 한국 사회의 모습이 텔레비전 화면 속에서는 펼쳐지고 있었다. 그동안 학교에서 배운 남한은 만날 데모만 하고 최루탄이 쉴 새 없이 터지는 혼란스러운 모습뿐이었던 것이다.

    "큰댁에 비디오가 있어서 한국의 모습을 처음 접했는데, 연속

극으로 본 서울의 거리와 집들이 퍽 인상적이었습니다."

그렇게 남한에 대해 말문을 열어 놓은 그에게 조심스레 그간의 일들을 묻기 시작했다. 그러나…… 다시는 기억하고 싶지 않은 지난 일들 때문이었을까. 몇 마디 꺼내 놓지 않은 채 재영 씨는 그만 말문을 닫아 버렸다.

북한에서의 삶, 그리고 탈북

새터민, 그러니까 탈북자로서 살아온 그의 지난 삶에는 말로 다 풀어낼 수 없는 굴곡들이 자리하고 있었다. 꽉꽉하기만 했던 북한에서의 삶, 힘겨운 탈북 과정, 남한에 정착해서도 녹록하지만은 않았던 시간들. 문득 얼마 전 신문에서 본 기사 내용이 떠올랐다. '탈북자들이 남한에서 어찌할 바를 모르고 있다'는 제목의 기사에서 한 탈북자는 다음과 같은 고충을 털어놓았다.

"한날은 영화관에 갔다가 상당히 놀란 적도 있습니다. 영화가 시작되고 조명이 꺼지는 순간, 누군가에게 납치당할까 봐 지레 겁을 먹은 것입니다."

재영 씨에게도 목숨을 건 탈북 과정은 쉽사리 꺼내 놓기 어려울 만큼 힘든 기억이었나 보다. 한참 만에 다시 입을 연 재영 씨는, 먼저 어린 시절의 일들을 차분히 늘어놓았다.

가난하기만 했던 북한에서의 삶, 집안 형편 때문에 그는 6년제 고등중학교를 3년 만에 그만둘 수밖에 없었다. 학교는커녕 기본적인 끼니조차 해결하지 못하는 부모님이 원망스러울 따름이었다. 도리 없이 학업을 포기한 채 농사일을 도왔고, 농한기 때면 눈밭을 헤쳐 땔감을 구하곤 했다. 그거라도 시장에 내다 팔아야 네 식구가 겨울을 날 수 있었다고 한다. 2004년 한국에 온 재영 씨가 남한과 북한의 차이를 실감하는 것은 바로 이런 대목이다. 십여 년 전 그때 이야기를 들려주면 또래 친구들은 하나같이 시큰둥한 반응을 보였다.

"저로서는 아픈 과거 이야기를 거짓 없이 들려줬을 뿐인데, 이 남 친구들은 잘 믿으려 하지 않더군요. 그 친구들에게는 상상조차 하기 어려운 현실이어서 그랬나 봅니다."

씁쓸하게 웃으며 재영 씨가 술잔을 털어 넣었다. 비슷한 얼굴을 한 같은 또래의 친구들임에도 너무 다르게 살아올 수밖에 없었던 시간들이 아프게 다가왔기 때문이리라.

재영 씨가 북을 떠나게 된 것은 탈북자들의 브로커 역할을 하면서였다. 어느 날 중국에 사는 지인으로부터 연락이 왔는데, 탈북자 가족을 중국으로 보내는 일을 해 보지 않겠느냐는 제안을 해 왔다.

"브로커 일은 신뢰가 중요하기 때문에 주로 친척들을 통해 이뤄집니다. 또 목숨을 담보로 하는 만큼 수입도 괜찮은 편이지요. 북조선 주민을 중국에 데려다 주면 중국 화폐로 500위안에서 1,000위안을 받았습니다." (2004년 기준, 북한에서 100위안은 2만 원 정도의 가치였으며, 참고로 쌀 1킬로그램은 50원이었다.)

한 차례 다녀오면 적어도 한 해 식량 걱정은 덜 수 있겠다는 생각에 재영 씨는 탈북자 가족을 앞세워 두만강을 건넜다. 월강은 주로 새벽 1시경에 이뤄졌는데, 물론 쉬운 일은 아니었다. (이후 그는 두만강을 네 차례 건넜다.) 무엇보다도 힘든 것은 회령, 은성, 은덕 등지로 탈북자 가족을 데리러 가는 일이었다. 그들은 대부분 보위부의 주요 감시 대상자로, 그들을 무사히 월강시키려면 영하 20도를 오르내리는 날씨에도 화물차를 이용해야 했다.

"이북에서는 자신이 사는 지역에서 다른 지역으로 이동하는 일이 쉽지 않습니다. 일반 열차를 탈 경우에는 보위부 요원들이 탑승해서 신분증 검사를 하기도 하고요. 그러니 방법이 있겠습니까. 화물차에 몰래 탈 수밖에요. 여름엔 견딜 만하지만 겨울에는 난방이 되지 않아 벌벌 떨면서 가야 하지요."

그런데 그 과정에서 그만 일이 꼬여 버렸다. 탈북자를 데려오기 위해 하룻밤을 꼬박 달려 은성에 도착한 재영 씨가 졸지에 쫓기는 신세가 되고 만 것이다.

"다섯 해째 남편과 연락이 끊긴 집이었는데, 글쎄 그의 아내가 저를 보더니 다짜고짜 보위부에 신고를 해 버린 겁니다."

일이 그렇게 되자 재영 씨는 둘 중 하나를 선택해야 했다. 평생을 숨어 지내거나 북한을 떠나거나. 그러나 평생 동안 숨어 지내는 것은 불가능했고, 북한을 떠나려니 남아 있는 식구들이 마음에 걸렸다.

"도저히 발길이 떨어지지 않더군요. 식구들 생각에 어렵사리 집에 갔는데…… 먼발치서 저 대신 끌려가는 아버지를 보고 말았습니다."

2004년 봄, 보위부 요원에게 끌려가는 아버지를 지켜본 재영 씨는 그 길로 두만강을 건너고 말았다. 북에 남는다고 해서 가족을 지킬 수 있는 것이 아님을 깨달았던 것이다. 중국 연길에 도착한 그는 그로부터 닷새 뒤, 연변 일대에서 활동하고 있는 브로커를 통해 몽골을 거쳐 한국으로 향했다. 모두 9명이 탈출을 시도

했으나 그날 국경을 넘은 사람은 3명뿐이었다. 그야말로 목숨을
건 탈출이었다.

탈북자, 영원한 이방인

인천국제공항에는 국가정보원(이하 국정원)으로 가는 버스가
기다리고 있었다. 서울의 거리는 드라마에서 본 것과 크게 다르
지 않았고, 국정원에서의 생활은 종교 활동을 자꾸 권유하는 것
빼고는 큰 어려움은 없었다.

정부 합동 조사를 마치고 나면 탈북자들은 통일부로 이관되어
보호 결정이 이뤄지고, 그 다음 하나원으로 옮겨 사회 적응 교육
을 받게 되는데 재영 씨는 그곳에서도 종교 문제와 맞닥뜨려야
했다.

"하나원에서 지내는 탈북자들과 함께 서울의 Y교회를 찾아가
는 프로그램이 있었습니다. 연단에 선 목사가 뭐라고 하는데 귀
에 하나도 들어오지 않더군요. 종교 단체의 도움을 받아 이남에
왔다면 모를까, 그렇지 않은 저로서는 피곤할 뿐이었죠. 물론 좋
은 뜻으로 그런다는 건 알고 있지만, 북한 사람들에게 하나님이
란 무척 낯선 존재라 거부감이 들 수밖에 없거든요."

종교 문제를 시작으로 그에게는 무엇 하나 쉬운 것이 없었다. 대중탕을 처음 경험한 날은 속옷을 입고 욕실에 들어갔다가 다시 벗고 들어가는 촌극을 벌이기도 했다. 이미 몸에 밴 생활 습관 때문이었다. 하나원에 머물 때 겪은 해프닝은 그것만이 아니었다. 혼자서 지하철을 탔다가 전혀 다른 방향으로 간 적도 있었고, 2인 1조가 되어 대학생을 인터뷰하러 나간 날은 더럭 겁이 나기도 했다.

그러나 그 무엇보다도 재영 씨를 힘들게 한 것은 그의 머리와 가슴에 남아 있는 심각한 상흔이었다. 밤마다 꿈속에서는 가족들이 울부짖으며 그를 불렀고, 매일같이 누군가에게 쫓기는 꿈을 꾸다가 등골이 서늘한 채 잠을 깨곤 했다.

"하나원에서는 10주가량 머무는데, 그곳에선 목숨을 걸고 국경을 넘어온 탈북자들의 심정을 잘 모르는 것 같아요. 기계적인 요령만 가르쳐 사회로 내보내려 할 뿐 정작 탈북자들이 어떤 마음 상태인지, 그런 데는 관심을 잘 갖지 않거든요."

그렇게 10주가 지나고, 하나원을 떠나는 날이었다. 지역을 선택하는 제비뽑기가 시작되었다. 탈북자들이 가장 선호하는 지역은 서울, 경기, 인천 순으로, 현재 한국에 정착한 새터민 중 절반 이상이 수도권에서 생활하고 있다. 하나원을 떠날 때 제비뽑기를 하는 것도 바로 그 때문인데, 재영 씨 역시 서울 지역을 희망했지만 제비뽑기 결과에 따라 대구로 향하게 되었다.

달서구에 위치한 D아파트에 도착했을 때, 하나원에서부터 동행한 담당 경찰관이 재영 씨에게 현금 10만 원과 도장, 정착금이 입금된 통장을 내밀었다.

"정착금 중 통장에 입금된 돈은 1,200만 원이었습니다. 경찰관 말에 따르면 나머지 돈은 3개월마다 120만 원씩 입금될 거라고 하더군요. 여기에 기초 생활 수급자에게 지급되는 생계비 40만 원이 더해지지요. 물론 이 생계비는 취업과 동시에 중단이 됩니다."

담당 경찰관이 돌아간 뒤, 비로소 혼자가 된 재영 씨는 그동안의 여정을 가만히 되짚어 보았다. 함경도를 떠나 낯선 대구에 정착하기까지의 시간들, 그에게는 생사를 넘나든 시간이었다. 어느덧 계절도 여름으로 바뀌어 있었다.

그때 문득 뇌리를 스쳐 간 건 국정원과 하나원에서 귀에 못이 박히도록 들은 말, "한국은 돈 없으면 죽는다."였다. 수중에 1,200만 원이라는 큰돈이 있기는 했지만 이런저런 살림살이를 장만하고 브로커 수고비를 지불하고, 아파트 임대 보증금까지 치르고 나니 예금 통장은 썰물처럼 비어 있었다.

"그 많은 돈이 순식간에 사라지는 걸 보면서, 남한에서 살기가 결코 쉽지만은 않으리라는 것을 예감할 수 있었습니다."

위기의식을 느낀 재영 씨는 며칠 뒤 고용 센터를 찾아갔다. 그곳에서 경북 성주에 있는 한 공장을 소개받은 그는, 인근 보건소에서 신체검사를 마친 뒤 가장 먼저 시장으로 갔다. 기숙사에서 지내야 한다고 했으니 내의와 양말을 사 둘 참이었다. 하지만 그는 유리 공장에서 근무하는 동안 내의를 한 번도 입지 않았다. 이북에서 지낼 때를 생각하고 미리 장만해 두었지만 한국의 겨울은 생각만큼 춥지 않았기 때문이다. 정작 견디기 힘든 한파는 동료들과의 관계였다. 같은 라인에서 일하는 한 동료는 틈만 나면 그를 괴롭혔다.

"한국에서 경험하는 첫 직장 생활이었기 때문에 말투는 물론이고 얼굴 표정 또한 굳어 있을 수밖에 없었습니다. 그런데도 그 직원은 사사건건 시비를 걸더군요. 제가 먼저 다가가지 못한 탓도 있겠지만, 직원들에게 왕따 아닌 왕따를 당하면서 하루하루를 견뎌야 했습니다."

사실 탈북자들은 작업 능률에 있어 현저히 뒤떨어질 수밖에 없다. 재영 씨 역시 공장에서 처음 맞닥뜨린 생소한 공구 이름이나 작업 용어들 때문에 어려움을 겪어야 했다. 공구의 생김새는 이북과 비슷하지만 그 이름은 하나같이 낯설었는데, 동료들은 가르쳐 줄 생각은 않은 채 온갖 욕설을 퍼부어 댔고, 어느 날은 공구를 집어 던져 재영 씨에게 상처를 입히기까지 했다.

크게 싸움을 벌인 재영 씨는 그날 오후 입사 4개월 만에 공장을 뛰쳐나와 버렸다. 매일같이 쏟아지는 모욕을 그대로 받아들이기엔 너무 혈기왕성한 나이였던 것이다. 그는 더 이상 무시당하며 살고 싶지 않았다. 한국에서 살아남으려면 적어도 대학은 나와야 한다던 하나원 직원의 당부가 떠올라 공부를 해 볼까 생각도 했지만, 북한도 아닌 남한에서 공부를 해 대학에 갈 자신은 도무지 생기지 않았다. 하는 수 없이 며칠 후 고용 센터를 다시 찾았다.

이번에 취업한 곳은 철강 업체로, 특별히 재영 씨를 무시하는 동료는 없었다. 대신 외국인 노동자들이 많이 있는 그 공장은, 꼬박 밤을 새며 일하는 철야 작업을 비롯해 노동 환경이 무척이나 열악한 곳이었다. 그곳의 모습은 그로 하여금 남한을 다시 보게 하는 계기가 되었다.

"밤샘 작업을 한 다음 날에도 잠을 재우지 않고 하루 동안 꼬박 일을 시켜서 그 점을 좀 따져 물었습니다. 그런데 사장이 뭐라고 하는 줄 아세요. 동남아에서 온 노동자들은 군말 없이 일을 잘 하는데 왜 탈북자들은 하나같이 저 모양인지 모르겠다며 혀를 끌끌 차더라고요. 그러면서 일하기 싫으면 언제든 그만두라나요. 저로서는 이해가 되지 않았습니다. 텔레비전에서 보아 왔던 화려한 남한의 실체가 이런 것인가 싶기도 했고요."

그렇게 어느 순간 재영 씨는, 탈북자로서의 자신은 외국인 노동자들과 함께 화려한 남한의 이면을 메워 주는 존재로 전락한 것은 아닌가 하는 자괴감마저 들었다. 남한 사람들의 진정한 동포는 될 수 없는 영원한 이방인…….

하지만 그는 이를 악물고 참았다. 어떻게든 사장의 저 비뚤어진 심보를 바로잡아 주고 싶었고, 탈북자에 대한 편견을 없애 주고 싶었다.

그런 오기로 열악한 환경을 버텨 갔지만, 어느 날 잔업 도중 한 동료의 손목이 잘려 나가는 사고를 지켜보면서 너무나 섬뜩한 기분이 들었다. 아무리 해도 바뀌지 않는 작업 여건, 언제 어떻게 될지 모르는 위험한 환경. 도저히 이대로 살아갈 수는 없다는 생각을 한 그는 결국 직장을 떠나기로 결심을 했다.

직장을 그만두고 달포가량 지났을 때, 또 다른 탈북자로부터 아버지의 사망 소식과 함께 탈북을 시도하려다 중국에서 붙잡힌 여동생의 소식을 전해 들었다. 그는 꼬박 사흘을 물 한 모금 마시지 않은 채 집에 갇혀 지냈다. 맏아들로서 아버지의 임종마저 지켜 드리지 못했다는 자책감이 그를 옥죄어 왔다.

그들을 정말 힘들게 하는 것은

한국에 온 지도 어느덧 네 해째. 재영 씨는 지금 대구의 한 청년 단체에서 일하고 있다.

"운이 좋은 편이었죠. 약간의 곡절을 겪기는 했지만, 지금은 이렇게 좋은 사람들을 만나 의미 있는 일을 하고 있으니까요. 97만 원이라는 월급도 제게는 적지 않은 돈이고요."

빵과 자유를 동시에 얻은 듯해 보이는 재영 씨, 그러나 그는 '진정한 빵과 자유를 얻었는가' 하는 질문에는 여전히 물음표를 남겨 두었다.

"가끔 그런 생각을 할 때가 있어요. 북한에서는 누구나 함께 가난했지만 남한은 그렇지 않잖아요. 지금 제 생활에 만족하지 않는 것은 아니지만 우리들에게 꿈과 희망이라는 게 있는 건지는 모르겠습니다. 돈이 최고인 남한 사회에서 제대로 된 돈벌이를 하기 힘든 우리 같은 사람들이 어떻게 살아남을 수 있을지……."

쓸쓸한 표정의 그가 가만히 술잔을 비웠다. 그러고는 하고픈 말이 더 남았는지 다시 말을 이었다. 고운 어조는 아니었다.

"어떤 사건이 터졌을 때 그 가해자가 탈북자인 경우가 있잖아요. 그런 뉴스가 나올 때마다 저는 온몸에서 힘이 빠져나가는 느낌이 들어요. 남한 사람들 중에도 나쁜 짓을 하는 사람들이 있고 탈북자도 그런 것일 뿐인데, 그 순간 많은 이들은 '탈북자'에 대한 또 하나의 편견을 머릿속에 심기 마련이지요. 언론들은 어김없이 그 가해자의 이름 앞에 '탈북자'라는 용어를 빠트리지 않고 강조하고요. 우리는 주민등록상으로는 한국 국민이지만 탈북자라는 사슬에서 영원히 벗어날 수 없을 것 같아요. 어쩌면 탈북자라는 꼬리표는 저를 평생 동안 따라다닐지도 모르겠네요."

탈북자로서 받는 차별을 견디다 못해 해외로 불법 망명을 했다는, 어느 탈북자 가족에 대한 신문 기사 한 대목이 머리를 스쳐 갔다.

"탈북자, 새터민, 이주민……, 저는 이런 말들이 싫어요. 이북

에서는 이탈자가 되었고, 이남에서는 영원한 이방인 취급을 받

고……. 저희도 그냥 함경도 사람이라고 불러 주면 안 될까요?"

스물일곱 살, 그의 물음표는 간곡했다.

가만히 생각해 보면 그렇게 별스러울 것도 없는 바람이었다.

2007년이었던가. 미국에서 총기 난사 사고가 발생했을 때, 그리

고 그 범인이 '한국 이민자 2세'라는 뉴스를 접했을 때 우리가 보

인 행동들을 생각해 보면 더욱 그렇다. 같은 한국인으로서 미국인에게 사죄해야 한다고 생각하는 사람들을 바라보며, 만약 동남아에서 온 어느 외국인이 끔찍한 살인 사건을 저질렀을 때 우리 국민들이 보일 반응은 어떤 것일까 짐작해 보았던 기억이 난다. 이렇듯 민족을 강조하면서, 한편으로는 같은 동포인 '탈북자'에게는 또 다른 색안경을 들이대는 우리들.

빵과 자유를 열망하는 새터민, 그들을 정말 힘들게 하는 것은 바로 이런 우리의 편견이 아닐까. 재영 씨가 남은 술잔을 들이켜며 엷게 미소를 지었다.

사진_이성은

못다 한 이야기

글에는 차마 쓰지 못했지만 재영 씨는 이별통을 앓고 있었다. 목소리도 듣고 싶고 당장 달려가 얼굴을 보고 싶지만 그는 꾹 참는 중이라고 했다. 이보다 더 아프게 헤어지면 스스로를 감당할 자신이 없을 것 같다며.

북에서 온 청년과 남에서 나고 자란 처녀의 만남. 잠깐 들은 이야기지만 장애물도 많아 보였고, 곳곳에 지뢰도 묻혀 있었다. 재영 씨는 어쩔 수 없는 선택이었다며 씁쓸하게 웃음을 지었다.

스물일곱 살 재영 씨는 또 무전여행을 꿈꾸고 있었다. 무전여행은 오래전부터 그려 온 그림으로, 이게 참 생각보다 어렵다며 가만히 뒤통수를 긁었다. 무전여행을 계획한 이유를 묻지 않을 수 없었는데, 막상 돌아온 답은 간단했다.

"돈이 전부라고 믿는 남한 사회에서 무전여행은 저한테 엄청난 도전일 것 같아서요."

그러고 보면 재영 씨는 철 지난 바닷가를 나는 한 마리 갈매기와 같았다. 오래전 많은 청년들이 유행처럼 시도했다 덮은 그걸 다시 꺼내고 있는 것이다.

함께 나누는 생각

불안정한 북한의 사회 분위기로 인해 점차 늘어나고 있는 새터민. 극한 상황에서 벗어나고자 남한 행을 택한 이들의 대다수는, 그러나 낯선 남한 땅에서 외국인 노동자와 다르지 않거나 오히려 더 힘겨운 처지에 놓인 채 하루하루를 살아가고 있다. 경제적 기반, 혈연, 학연, 지연 등 남한 사회 속 뿌리가 전혀 없는 새터민들은 필연적으로 실업과 빈곤, 부적응과 고립에 시달리게 되고, 남한 사회의 일원이 아닌 경제적 약자 혹은 부적응 집단으로 분류될 수밖에 없다.

극한 경쟁의 사회에 무방비로 던져진 채 생계를 위해 아등바등 살아가야 하는 새터민, 남한 사회에 적응하지 못한 채 부유하는 이들의 멍에는 고스란히 그 자녀에게 전해져 또 다른 상처를 만들어 낸다. 새터민 부모 밑에서 자라나는 새터민 아이들은 남한의 빈곤 가정 아이들이 그러하듯 가족 해체를 겪거나 방치되는 경우가 많으며, 자연스레 사회적 배제의 대상이 되고 때로는 비행의 유혹에 쉽게 빠지기도 한다. 사회에 적응하지 못하면서 심각한 우울증을 겪는 아이들도 많으며, 편견과 냉대가 두려워 자신이 새터민임을 철저히 숨기고 살아가는 청소년들도 어렵지 않게 찾아볼 수 있다.

날로 늘어나고 있는 새터민, 그러나 해결책은 좀처럼 보이지 않는 이들의 삶. 언제까지나 이들을 우리 사회의 그늘로만 버려둘 수는 없을 터이기에, 이제는 사회가 머리를 모아 고민해 봐야 할 때가 아닐까 생각해 본다.

●이 책에 수록된 글의 출처

떠나지 못하는 사람들 《인권》 2009년 7~8월호
길에서 다 늙었지 뭐 《인권》 2008년 1~2월호
무서운 쓰레기, 두려운 새벽 거리 《인권》 2007년 9~10월호
수업 4시간 알바 6시간 《인권》 2008년 5~6월호
비료와 농약 값은 배로 올랐는데 《인권》 2008년 9~10월호
모질고도 야박한 0.5평 《인권》 2007년 5~6월호
빚 없는 세상에 살고 싶다 《인권》 2009년 3~4월호
졸업하면 군대나 가려고요 《인권》 2009년 5~6월호
보이지 않는 사람들 미발표
시키는 건 다 했는데 《일하는 멋》 2009년 8월호
날지 못하는 새 날고 싶지 않은 새 《인권》 2009년 1~2월호
이게 어디 직장이야 《일하는 멋》 2009년 6월호
재영 씨의 빵과 자유 《대구 작가》 2009년 상반기

●책 편집에 도움 주신 분들

김도현_전국장애인차별철폐연대 정책실장
김수미_질라라비 장애인 야학 활동가
김재광_노무법인 필 노무사
신진선_전국노점상총연합 선전국장
이원호_빈곤사회연대 교육위원
이혜경_금융피해자연대 해오름 활동가
최예륜_빈곤사회연대 사무국장